JN114726

ゆうべの食卓

角田光代

オレンジページ

ゆうべの食卓　目次

明日の家族

パパ飯ママ飯

グラタンバトン

私の無敵な妹

私たちのちいさな歴史

挿画・本文イラスト　イオク サツキ
写真　伊藤徹也
装丁　横須賀 拓
編集担当　井上留美子

明日の家族

明日の家族

まだ紅葉もはじまっていないころから、おせちのチラシは出まわりはじめる。新聞の折り込みチラシ、デパートから送られてくるパンフレット、コンビニエンスストアやスーパーのレジ台やサッカー台でも、色鮮やかなチラシが並んでいる。

浜野麻耶（はまのまや）はダイニングテーブルに何枚かのチラシを並べてじっと見入る。有名料亭のもの。有名料理人監修のもの。洋風に中華風。本当にいろんな種類がある。結婚したばかりのころは――もう二十年以上も前のことになる――、こうしたチラシを眺めるのが好きだった。当時は金銭的余裕がまったくなくて、眺めるだけだったけれど、それだけでたのしかった。この先、子どもが生まれて、家族が増えていったら、こんなおせちにしようとか、子どもたちが成人したら、酒のつまみになるおせちもいいななんて考えては、うっとりとしていた。

子どもたちが生まれると、とたんにあわただしくなって、おせちは出来合いの具材を買って詰めるだけのものになった。そもそも子どもたちはおせちそのものが好きではない。結局、こんなはなやかなおせちは買わずじまいだ。麻耶は手早くチラシを片づけて、熱いほうじ茶を入れ、テレビの前に座って録画していたドラマを見る。

息子の大知(だいち)は大学進学と同時に家を出て、めったに帰省することはない。娘の理名(りな)は高校に上がってから、反抗期なのか、めったに麻耶と会話することなく部屋にこもりっぱなしだ。夫の武史(たけし)は、勤めていた会社が経営難に陥って五年前に転職し、今は単身赴任で上海にいる。今度のお正月にも成人式にも、バイトがあるから帰らないと大知は言っていて、理名は年末年始は友人たちとスノボ旅行にいくと言っている。夫は帰ってくるだろうけれど、たった二人の年越し、新年だ。おせちを買っても食べきれるはずがない。

クリスマスが過ぎると、麻耶の暮らすちいさな町も、年末のあわただしさに包みこまれる。仕事を終えて商店街で食材を買いながら、こんなはずじゃなかったのにな、と麻耶はぼんやり思う。結婚した当時に思い描いていた家族は、こんなふうにバラバラじゃなかったのにな。

仕事帰りの電車のなかで、車内広告を見るともなく見ていた麻耶は、「ちいさな手作りおせち」という文字を見つける。その文字と、文字の下のうつくしい料理の写真が、自分に向かって微笑(ほほえ)みかけている気がして、ついじっと見てしまう。

商店街の書店に寄って、麻耶は広告で見た雑誌を買った。会話の少ない夕食を終えると理名は自室に向かう。食器を片づけてお茶を入れ、ダイニングテーブルで麻耶は雑誌を開く。ひとり用、二人用の手作りおせちが紹介されている。レシピはそんなに難しそうではない。なんとなく沈んでいた気持ちが、少しばかり上向きになる。いつか理名も家を出る。そう遠くないうちに、大知も理名もそれぞれの家族を作るだろう。それはさみしいことではない。この先、夫と二人のお正月をたのしみにすればいいじゃないか。二人ぶんのおせちを手作りすることに慣れるのも、いいじゃないか。静かなダイニングルームで、負け惜しみでもなんでもなく、麻耶はそう思う。

13　明日の家族

下からもの音が聞こえて浜野麻耶は目を覚ます。暗闇に目をこらして耳をすませる。食器のぶつかる音、何か堅いものが床に落ちる音。正月休みに、単身赴任先から帰国していた夫は、三日前に上海に戻ってしまった。なんだろう。どぎまぎしながら麻耶は起き上がり、寝室を出る。音をたてないようにして階段を下りる。ダイニングルームの明かりは消えているが、その奥の台所は明るい。台所をのぞきこんで、「やあだ、どうしたのよ」安堵のあまり大きな声が出る。その声に、部屋着姿の理名は飛び上がって驚き、手にしていた何かを落とす。インスタントの袋麺である。

「おどろかさないでよ」ふくれ面で理名は袋を拾い、保存食品の入った棚に戻す。

「おなか空いたの?」麻耶は訊く。正月休みに太ったからと、この数日、理名は夕食のほとんどを残す。そんなだからおなかが空くのだと言いたいのをぐっとこらえる。「なんか作ろうか?」

「おなか空いて眠れなくなったんだけど、こんな夜に食べたら太るよね」珍しく素直に言う。

「じゃあ太らない麺を作ってあげるよ」麻耶は言い、鍋に湯を沸かす。

春雨とささみ、野菜たっぷりのフォーもどきを作っているうち麻耶もおなかが空いて、できあがったそれをダイニングテーブルで向き合って食べる。

「思ったよりおいしい」理名が言う。

「だっておいしく作ったもん」長男の大知が受験生だったころ、よく夜食を作ったことを麻耶は思い出す。中学生だった理名も、その気配に起きてきて、三人でラーメンを食べたこともあった。

「昔食べたよね、ラーメンとか」理名も思い出したのか、笑う。「あんときは太るとかぜんぜん考えなかった、無敵だったな私」

「ママが理名くらいだったとき、ゆで卵ダイエットっていうのがはやって、食べたなあ、ゆで卵」麻耶は思い出す。そうだった、高校生のとき、自分だっていつも不機嫌で、父親とは口をきかず、母親には突っかかっていて、切実に痩せたかった。似てるじゃないか、私と理名は。

「ゆで卵で痩せるの？」理名は真剣な顔で訊く。

「でもゆで卵しか食べちゃだめなんだよ。さすがに続かなかった」

「マジか」理名は眉間にしわを寄せて言い、スープを飲み干して席を立つ。「ごちそうさまでした」流しで丼を洗い、洗面所に向かう。おやすみ、と声をかけるが返答はない。

バラバラになったんじゃなくて、ただ変わっていくだけなんだな、と麻耶はふと、悟るように思う。二人きりの夫婦から、四人家族になって、みんなで食卓を囲む時期があって、それぞれべつの方向を見つめるようになって、自分の足で歩き出して……、でもときどきこんなふうに、食卓で向き合うのだ。家族は変わっていく。いや、変わっても家族なのだ。「おやすみなさい」洗面所から出てきた理名はぶっきらぼうに言い、二階に上がっていく。

二十歳の新年

浜野大知は成人式に出るつもりもなく、従って実家に帰ることもなく正月を迎えた。コーヒーショップでアルバイトをしていて、大晦日も年明け二日目からもシフトが入っている。大晦日、アルバイトが終わってから、大学の友だち五人でお台場に集合し、狭い砂浜でバーベキューをして初日の出を見た。十二月に二十歳になった大知は、ビールも日本酒もおいしいとは思わないが、でも飲めるようになってよかったと、こういうときに思う。飲んでいれば深夜のバーベキューもさほど寒さを感じないし、盛り上がる。五人のうち女子が二人、大知が好意を持っている真辺佐保(まなべさほ)とも、飲んでいれば気軽に話せる。

勉強とアルバイトばかりの地味な日々だが、年越しだけは、二十歳らしいイベントができて大知はうれしかった。しかし翌日、体がだるく寒気がする。なんとかバイト先までいったが、どんどん具合が悪くなり、「顔が赤い」と言われ、更衣室で熱を測ったら三十八度を超えていた。すぐに帰され、大知はワンルームの下宿の万年床に潜りこんで眠った。

夢をたくさん見た。夢のなかで大知は毎回幼い子どもだった。父と母と赤ん坊の妹と潮干狩りをしていたら、黄金のほら貝が出てきて、必死に隠して持ち帰ろうとしていたり。やはり家族で湖にいき、湖に飛びこんだ母親の下半身が魚で、母は人魚だったのかと衝撃を受けたり。授業参観の親たちに、母親の着物を着た父親が交ざっていて、恐怖でうしろを振り向けず失禁してしまったり。そんな夢ばかり見て、深夜過ぎに目が覚めた。パジャマ代わりのトレーナーもジャージも汗でぐっしょり濡れていて、だから水関係の夢ばかり見たのかと妙に納得した。

新しいTシャツとパーカー、ジャージに着替えると、激しい空腹を覚えた。大知は狭い台所にいき、カップラーメンに手をのばして、冷凍庫に漬け置きしたおかずがあるのを思い出す。カップラーメンよりは断然体力がつきそうだ。解凍し、レンジで加熱し、ごはんを炊くのは面倒だったので、レトルトごはんをあたためる。

肉や魚が安いときに買っておいて、調味料に漬けて保存することを、大知は母の麻耶から教わった。ひとり暮らしをはじめるときだ。味がよくしみこむし、調理がかんたんで、コンビニ弁当よりずっといいと母親は言っていた。たしかにかんたんで、ときおり作っては冷凍庫に放りこんでいる。

静まりかえった新年の夜更け、自作の生姜焼き丼を食べながら、実家のことを大知は思う。帰らなかったけど、父親も帰国しているし、理名もいるし、浜野家はにぎやかな正月だろう、と思う。と、いうか、父が帰らず、理名も友だちと出かけたりして、母親がひとりだったらいやだから、そう思いたいのだ。いつもは母からのLINEは既読スルーしているけれど、夜が明けたら、明けましておめでとうとLINEを送ろうと決めて、大知はごはんを掻きこむ。熱は下がったようだ。体が軽い。

二月になると大学は長い春休みに入る。最後の授業の日、大知は、いつもの五人組で飲みにいった。マーケティング・コミュニケーションのゼミで親しくなった五人である。大学近くの安居酒屋で飲んだあと、カラオケにいこうぜとひとりが言い出したが、カラオケが苦手な大知は明日が早いからと断った。私も帰ると真辺佐保も言うから、大知は内心驚いたものの、顔には出さず、「じゃあ、春休み中にまた飲めたら飲もうぜ」と、カラオケにいく三人に手を振り、佐保と並んで駅まで歩く。

「みんな春休みに予定ガチ入れてて焦ったわー。バイトばっかりなの、おれだけ」大知は言う。長野で合宿免許をとるとか、インターンにいくとか、佐保はカナダに短期留学をすると言っていた。

「中田くんもバイトだよ」と佐保。

「でもリゾートバイトだろ。石垣島とか、おれいったことないな。佐保もすごいよな、留学」

「でもたった三週間だし。あっ、出発する前に、映画見にいかない？　見たいのがあるんだ」と佐保が言うから大知は飛び上がりそうなほど驚く。

「えっ、いいけど。おれバイト以外ひまだし。見たいのって何」佐保が口にした映画のタイトルを大知は知らなかったが、「いいね、おれも見たかったんだ」と話を合わせた。

「ほんと？　よかった、なかなか誘いづらい映画だから。じゃ、日にちのこと、LINEするね」

駅で佐保と別れ、地下鉄に乗ってから大知は思わずガッツポーズをする。佐保がカナダにいくのは二月の末からだから、映画は二月半ばころになるだろう。ということは、例のイベントがあるじゃないか。もしや佐保からもらえるかもしれないじゃないか、チョコレート！

電車のなかでスマートフォンを取り出し、大知はさっそく佐保の言っていた映画のタイトルを検索してみた。「マジか」と思わずつぶやいてしまったのは、かなりグロテスクなホラー映画だったからだ。あまり得意な分野ではないが、でもまあ、見たかったと言ってしまったし、断るはずもない。

地下鉄から地上に続く階段を上がり、商店街を歩いて大知はアパートに向かう。鼻の先が痛いくらい寒いが、来月にはだいぶあたたかくなるのだろう。けれどその来月が、果てしなく先のことに思える。あたたかくなって桜が咲きはじめる様子も、三年に進級して就職に向けて動きはじめる自分の姿も、まったく思い浮かばない。佐保がいくバンクーバーの町が思い浮かばないのと同じくらい遠い。もっと年をとったら、父や母が言うように、一年があっという間だと思うようになるのだろうか。年末年始に帰っていないから、春休みのあいだ、一度くらい帰るかな、数十メートル先のコンビニエンスストアの明かりを見て大知は思いつく。思いついただけなのに、実家の、甘辛いたれのような匂いやテレビの音声や、理名と母の笑い声なんかがいっぺんによみがえって、大知はちょっとだけ泣きそうになる。

私たちのお弁当

ママお弁当を作るの、やめる。

浜野理名の母親、麻耶がそう宣言したのは、節分が終わってからだ。

父親が上海に単身赴任し、兄の大知が進学とともに家を出て、理名と母の二人暮らしはもうじき三年目にさしかかる。フルタイムで働きながら家事をこなしている母に感謝しているし、手伝おうと思うものの、理名は、なかなか感謝の言葉は言えず、実際に手伝ったりもしていない。だって忙しいんだもん、と理名は言い訳のように思う。勉強もしなくちゃだし、友だちづきあいもあるし、好きな人とどうすれば両思いになれるのか悩んでもいるし、進路のことも考えなきゃいけない。それに最近は、母と話すのもおっくうなのだ。すぐに意見されるし。

「ママはがんばりすぎた、理名のこともかまいすぎた。このままだと理名はなんにもできない人になっちゃう。なんにもできない人は、男でも女でもまったくもてない時代なのに」と、夕食を食べながら母は言う。「だからママ、明日からお弁当やめる。自分で作ってもいいし、何か買ってもいいよ」

母はそう言って、食べ終えた自分の食器を下げて、洗わず、テレビの前のソファに座り、このところはまっているらしい韓国ドラマを見はじめる。理名は居心地の悪い思いで食事を終えて、食器を下げ、母のぶんといっしょに洗って水切りかごに入れた。

そんなふうには言っても、でも何か、かんたんなものは用意してあるだろうな。翌朝目覚め、そう思いながら階下にいくと、驚いたことに母はもういなかった。お弁当もなく、冷蔵庫を開けても作り置きのおかずもない。冷凍庫にも、お弁当に使えそうな冷凍食品もない。

「マジか」思わず理名はつぶやく。時計を確認し、「マジか」もう一度つぶやいて、速攻で制服に着替え、髪を整え、泣きそうになりながら寝癖をなおし、通学鞄にノートや教科書を詰めて、ガスの元栓と鍵が閉まっているかを確認して家を飛び出す。

コンビニエンスストアのサンドイッチを食べながら、理名は萌衣（もえ）や玲佳（れいか）の弁当を盗み見る。

「いいなあ、うちなんか、ママが弁当ストライキ起こして、今日から作らないんだって」と言うと、

「え、私、高校入ってからずっと自分で作ってるよ」と萌衣が言い、

「マジで？」理名と玲佳は声を揃えた。あらためて萌衣の弁当を見る。ブロッコリーとチーズのサラダ、プチトマト、じゃこ入り卵焼き、ウインナーと肉団子。「これだけ冷食」と萌衣は肉団子をお箸で指す。なんにもできないとまったくもてない時代になるという、母の声が理名の耳によみがえる。

「わかった、私もがんばる！」理名が言うと、

「私もやってみようかな」玲佳もぽつりと言う。

　お弁当作りは面倒くさいけれど、理名は昼休みが俄然たのしくなってきた。理名と玲佳と萌衣、ずっといっしょにお弁当を食べている三人で、自作弁当を見せ合う

のだ。

弁当歴がそろそろ一年になる萌衣は、さすがに彩りも栄養もいい模範的弁当だ。理名といっしょにお弁当作りをはじめた玲佳はぶっとんでいて、ジャーにスープとごはんを入れた「リゾット弁当」やごはんにコロッケとたくあんだけをのせた「コロッケ丼」を作ってくる。彩りも栄養も偏りも無視した、でもなんだか肝が据わった感じのお弁当に、理名はすっかり感銘を受けている。

二人からアイディアをもらい、理名は、冷食の焼売（シュウマイ）を使った中華弁当を彩りよく作ってみたり、前日のおかずの肉団子と野沢菜と炒り卵をごはんで包んだ巨大おにぎらずを作ってみたりしている。三人で机を囲み、いっせーの、せ！　でお弁当を広げる。歓声が上がり、感嘆のため息が漏れ、「納豆丼なんてなしかな」「においがね」「納豆オムレツならいいんじゃない？」などと、アイディアを出し合いながら自作弁当を食べる。お昼休みが前よりだんぜんたのしくなった。

夕食後、残ったカレーを小鍋に取り分けている理名に気づいた母が、

「それ、どうするの？　朝ごはん？」と訊く。

「ジャーに入れてカレー弁当にする」と答えると、

「へえ、斬新ね」と目を丸くしている。

「玲佳って友だちがいるんだけど、おとなしいのに、おっかしなお弁当持ってくるんだよね。今日なんかつけ麺だよ。スープをジャーに入れてお弁当箱に麺と葱とチャーシュー詰めて」

「ええっ、そんなのあり？　ママの時代だったらいじめられはしないけど、確実にいじられるわね」

「今はほら、なんでもありの時代だから」理名は母親の言葉をまねて言う。「今度ママにも作ってあげるよ。私の巨大おにぎらず、インパクトあって、玲佳と萌衣に褒められた」

「う、うん、ありがとう」母は言い、テレビの前に向かう。

働いて家事をして、夫とは離ればなれで、唯一のたのしみは韓国ドラマらしい母親にも、自分と同じような高校時代があったのかと思うと、理名は不思議な気持ちになる。そうしてふと、自分もいつか母親くらい年をとるのだと気づく。年齢を重ねていくにつれて、仲良し三人でキャーキャー騒ぎながらお弁当を食べている今の時間が、泣きそうなくらいなつかしいものになるだろうと確信するように思う。だとしたら、この先ずっと、私も玲佳も萌衣も、ぜったいに忘れられないようなお弁当を作ってやると、理名は奇妙な意欲に燃える。あーあ、ますます忙しくなっちゃう。理名はつぶやき、夕食後の食器を洗いはじめる。

パパ飯ママ飯

パパ飯ママ飯

四月の終わりに、東京では三度目の緊急事態宣言が出て、それをきっかけにして、泰田（やすだ）ひとみは夫の紀行（のりゆき）に家庭内別居の提案をした。ひとみは離婚を考えているわけでもなかったが、ただ心底、紀行にムカついていた。

昨年の冬の終わりに全学校が休校になり、春には最初の緊急事態宣言が出て、ひとみも紀行もリモートワークになった。ひとみは客間の和室で仕事をし、中学生だった結麻（ゆま）は自分の部屋でオンライン授業を受け、授業が終わるとリビングやダイニングで参考書を広げたり、ゲームをしたりしていた。問題は紀行だ。

紀行の職業はゲームのシナリオライターだがフリーランスではなく、制作会社の社員である。新型ウイルスのパンデミック前は、ひとみの出勤時には寝ていて、帰りの時間はまちまちだった。ひとみより先に帰っていることもあれば、日が変わってから帰るときもあり、帰らない日もあった。それがふつうで、ひとみも娘の結麻もその生活に慣れていた。

それがリモートワークになり、紀行がいつも家にいるようになると、生活サイクルの不規則っぷりにひとみはあらためて驚いた。昼まで寝ているときもあれば、まだ暗いうちに起き出すこともあり、明け方までリモート会議をすることもあれば、書きものをしながら寝落ちしていることもある。しかも、場所を定めない。リビング、ダイニング、寝室、ウォークインクロゼット、書斎と、空いている場所で会議をしたり電話をしたり書きものをしたり資料を読んだりしている。声は響くし、夜中だともの音に起こされる。

日常ががらりと変わってたいへんなのはみんなおんなじだと思い、ひとみはとくに何も考えず、和室で仕事をしながらも、朝昼夜と三食ごはんを作り、洗濯をし、取りこみ、畳み、土日には掃除をし続けた。結麻は言えばなんでも手伝ってくれるが、紀行はとにかく自分の時間はすべて仕事に使ってしまう。何か頼めば、「わかった」と言うものの、「あっ」と言ったきり部屋にこもって取り憑かれたように何か書いている。

クリエイティブな仕事なのだからしかたがないのだろうと自分に言い聞かせ、ひとみは一年、がんばって仕事と家事を両立させた。四月には結麻も高校生になった。そして三度目の緊急事態宣言で、キレた。

仕事も寝起きも書斎ですること。食事も洗濯も、自分のぶんは自分ですること。風呂とトイレの掃除は紀行。私が台所を使っているときは使用不可。私の買った食材も使うな。私と結麻が食事中はテレビ不可。ひとみは口頭で説明するだけでなくメモまで書いて紀行に渡した。はいわかりました、と紀行はしょんぼりと告げた。今まですみませんでした、とつけ加えた。

朝は六時に起きて二人ぶんの朝食と結麻の弁当を作り、昼は十二時にかんたんな一品料理を作り、五時過ぎに仕事を終えて買いものに出て、七時に夕食。時間の決まった食事作りはなんと気が楽なんだろうと、結婚以来はじめてひとみは気がついた。

家庭内別居生活は、ひとみにとって本当に気楽で快適だった。自分に都合のいい時間で動けるし、腹もたたない。料理にかんしていえば、朝食はいるのかいらないのか、夕食は何時に食べるのか、不要なのかと気にしなくていい。紀行とまったく顔を合わせない日もあるが、さみしいとは思わない。予想外だったのは、結麻だ。

自分で弁当を作るようになったり、ひとみの朝ごはんまで作ってくれたりするようになった。夜は毎日ひとみの作った料理を二人で食べていたのだが、ゴールデンウィークのあたりから、「今日は私の夜ごはんいらないよ」と前もって言うようになった。「今日はパパ飯にするから」と言うのである。

生活時間の不規則な紀行は、ひとみの使っている時間帯に台所には入れないので、夕方とか、深夜近くに料理をしてひとりで食事をしている。結麻がパパ飯にするという日は、あまり遅い時間になるのも娘に悪いと思うのか、夜の十時までには夕食にしているようだ。風呂から出て洗面所で肌の手入れをしていると、二人がたのしげに会話する声が聞こえてくる。

何を食べているのか気になって、幾度か台所にいくついでに食卓を見てみた。毎回、肉料理である。牛か豚か鶏肉を、キャベツとかもやしとか、ほんの少しの野菜

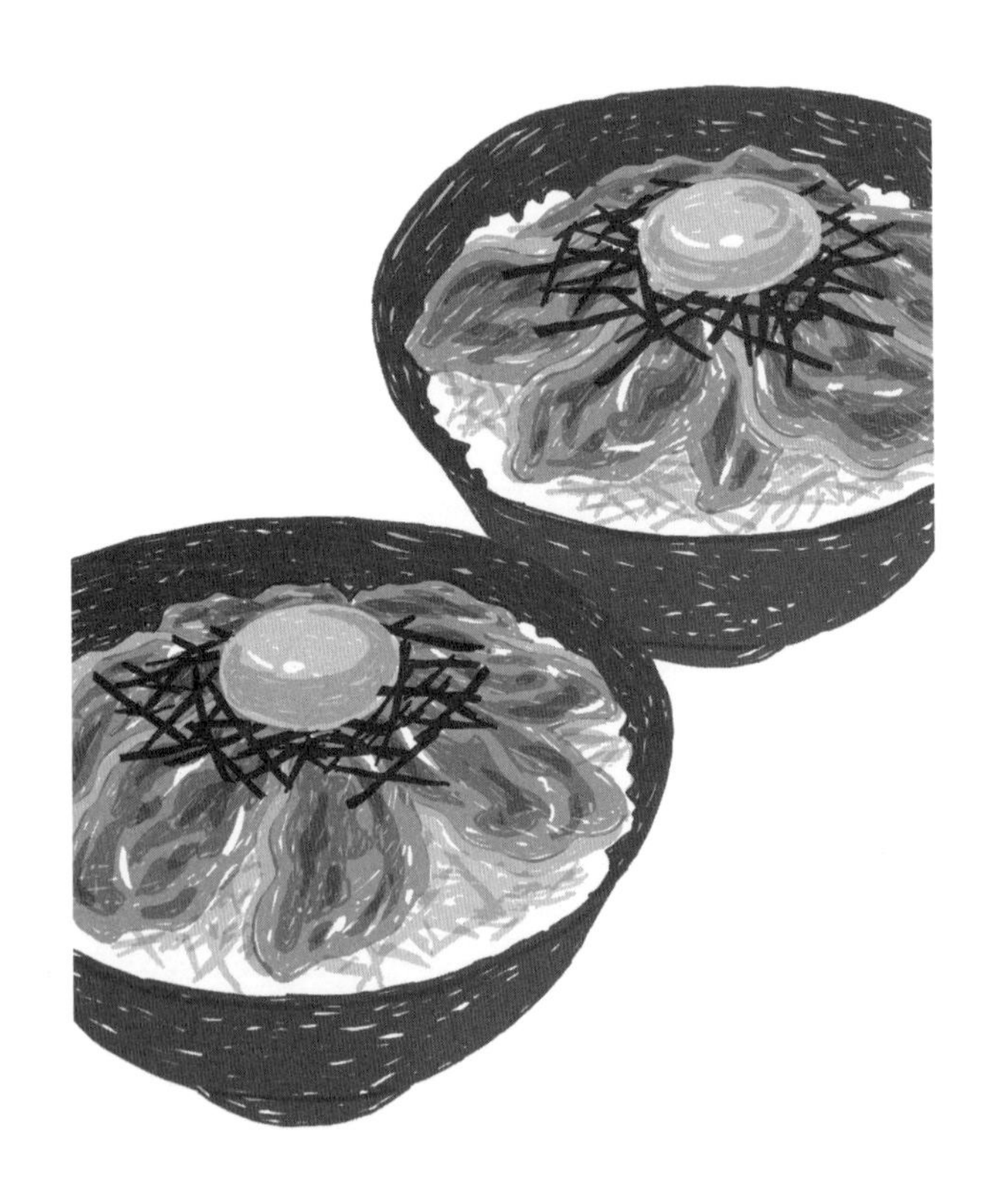

と炒めたもの。味つけは、たぶん市販品の焼き肉のたれ的なものだ。サラダもない。小鉢もない。味噌汁もない。一品の肉おかずと、丼（どんぶり）に盛ったごはんだけ。

「パパ飯続けると、栄養が偏るよ」朝食の席で、ひとみはつい言ってしまう。

「でもなんか、おいしいんだよ。どーんと力がつく感じ」結麻は笑顔で言う。

「スタミナはついても、免疫力が落ちるんじゃないの」言ってから、私嫉妬（しっと）しているのかなとひとみは思う。結麻が、手の込んだ母親の料理より、紀行のあの粗雑な料理を好んでいるみたいなのが、くやしいのかな。健康に気を遣っているから私の料理は薄味だし、肉より魚が多いし。

「ママ飯とパパ飯の選択肢があるなんてラッキーだと思うよ。それこそバランスよく両方食べなきゃね」

結麻が言い、ひとみははっとする。この子はこの子なりに親を気遣っているのだ。母親とばかり食べていたら父がかわいそうだと思っているのだろう。生活を分ける二人のバランスをとろうとしているのだ。

「結麻、なんかごめん。でもパパとは仲が悪いわけじゃないんだよ」思わず言うと、「わかってるよ」面倒そうに結麻はつぶやく。「かわいい子には旅をさせよ的な、教育的措置ってわけでしょ」食べ終えた皿を重ねて席を立ち、流しに置くと、「ごめん、洗いもの頼む」と言ってばたばたと通学準備をはじめる。

あたらしい家族

あたらしい住まいは広大な公園脇のマンションである。七時過ぎ、仕事を終えて帰宅したひとみは、冷凍ごはんを解凍し、買ってきた鶏の照り焼きと、常備菜のひじきとおひたしをごはんにのせる。缶ビールをグラスに注ぎ、いただきますと手を合わせ、暗闇に沈んだ公園を眺めてひとりの夕食をとる。

娘の結麻が関西の大学に進学し、家を出たのをきっかけに、ひとみは夫だった泰田紀行と離婚して、森本（もりもと）ひとみに戻り、公園の隣に建つ１ＬＤＫの部屋に引っ越した。ゴールデンウィークの前のことだ。紀行は、勤め先の制作会社の近くに引っ越した。

ひとみが家庭内別居を提案したのは三年前、結麻が高校に上がった年で、パンデミックのさなかだった。今思い出しても、不思議な気持ちになる。パンデミック下の異様な日々。

家庭内別居はひとみには本当に快適で、うまくいっていた。紀行も、自分の衣類は自分で洗い、風呂とトイレを掃除し、自分のぶんと、ときどきは結麻のぶんも料理をしていた。一年ほどその生活は続き、ゆっくりとパンデミックも終息に向かい、日常が戻ってきた。紀行は以前のように通勤するようになり、夏休みには家族旅行もした。けれども不思議なことに、紀行とひとみは元どおりにはならなかった。おそらく自分のことを自分でやる、食事も寝室もべつ、という暮らしのリズムができあがり、それがおたがいにとって心地よくて、やめる気になれなかったのだ。

仲が悪くなったわけではない。ただ、夫婦というよりルームメイトみたいな関係になり、二人きりだと何を話していいかわからなくなった。結麻が高校三年に進学すると、ひとみは急にこわくなった。結麻が家を出たら、紀行とどうやって暮らしていけばいいのか。結麻、家から通える大学に進学してと、ひとみは結麻に頼んだほどだ。いきたい学部のある大学が関西にしかないという結麻は、もちろん両親の暮らしを円滑にするためだけに家に残るつもりはないようだった。

結麻が受験のために夏期講習に通いはじめるころ、この先どうしようかとひとみは紀行に切り出した。家庭内別居婚を続けるか、それとも……。離婚という言葉は大げさに思えて使わなかった。「それぞれで、やってみようか」と、紀行もまた、離婚という言葉を使わずに言った。

今後の結麻の学費や仕送りのこと、住まいの処分について、ひとみと紀行は、ひっそりと話し合いを続けた。一度も険悪にならず、驚くほどスムーズに進んだ。

ひとりの暮らしをはじめてから、ひとみは料理も掃除もがんばらなくなった。今ひとみのひそかなブームは「のっけ丼」だ。ごはんや麺に、買ってきた惣菜や常備菜をのせれば、帰宅後すぐに食べることができる。家族で暮らしていたときは、思いつきもしなかっただろう食べかただ。きっと紀行も、肉系のおかず一品とごはん、というシンプルな食生活を続けていることだろう。

ひとりぶんの食器を片づけて、ひとみは借りてきたＤＶＤをセットして、わくわくと再生ボタンを押す。

紀行の住まいは地下鉄駅から七分ほどのマンションだ。あんまりじろじろ見ては悪いと思うものの、ものめずらしくてひとみは部屋を見まわしてしまう。ひとみのマンションより古いが、そのぶん広い。リビングダイニングにはちゃぶ台ひとつが置かれ、大型テレビの前には作業用の文机があり、本や雑誌やゲーム機が山と積まれている。ふたつある部屋の、扉が開かれている部屋は書斎で、扉が閉めてあるほうは寝室だろう。寝室も見てみたいが、勝手に開けてみるのはさすがに無礼だと思い、ひとみは台所を見やる。

真剣な顔つきで紀行が作っているのは、においからしてカレーだ。

ひとみの荷物のなかにまじっていた紀行のもの――古いゲームソフト、中学の卒業アルバム、名刺入れとネクタイ――を、どうしよう、返す？　処分する？　とLINEでひとみが訊き、めしでも食いにこいよ、と紀行が誘い、こうして日曜日の昼さがり、ひとみは元夫の雑然とした部屋に座っているのだった。

ちゃぶ台で向き合ってカレーを食べる。やっぱり紀行の料理はカレー一品だけで、サラダもない、つけ合わせもない。でも、

「ちょっとびっくりするくらいおいしい」とひとみは正直に感想を言う。きちんと

辛くて、冷房が効いているのに汗が流れる。

「だろ？　違う種類のルーを二種類使うとうまいって聞いたけど、おれは四種類使ってるんだ」と紀行は得意げに言う。

「部屋、案外かたづいているんだね」

「ものがないからな」

結婚前に、紀行の部屋で飲んだことをひとみはふいに思い出す。たいていは紀行がひとみの部屋にきていたけれど、何度か、デートの帰りに泊まったことがある。コンビニエンスストアで買ったチーズ鱈やコンビーフをつまみに、缶ビールや缶チューハイを飲んでいた。何を話していたのか思い出せないけれど、二人でよく笑い転げていた。なにがあんなにおかしかったのだろう。

「洗いもの、お礼に私がするよ」一品だけのカレーライスを食べ終えて、ひとみは空いた皿をまとめて流しへと運び、洗いものをする。

「パンデミックってなんだったんだろうな」皿を洗うひとみの手元をのぞきこんで紀行がつぶやく。

「ほんと、なんだったんだろうね」言ってから、きっと自分たちみたいに、よくわからないまま離婚した夫婦も、よくわからないまま結婚した夫婦も、たくさんいるんだろうなとひとみは思う。それもそれぞれの運命だ。

ベランダに続くガラス戸の前に立ち、ひとみがおもてを眺めていると、食後のコーヒーをいれた紀行がマグカップを手に隣に立つ。

「あのビルの向こうに、東京タワーが見えるんだ、ほんの少しだけど」

ひとみは目をこらす。たしかに赤い尖塔（せんとう）が見える。本当だ、とはしゃいだ声が出る。

「今度飲みにこようかな」冗談で言うと、

「きみのところにも呼んでくれ」案外まじめな顔で紀行が言い、ひとみは笑ってしまう。

新ユニット結成

受付で名前を記入し、ご祝儀を渡すと、「控え室にどうぞ」と言われ、いいんですかとひとみは言いそうになる。いいんですか、というのも変だよなと思い、ひとみはお辞儀だけして、ホテルスタッフの案内で奥に進む。

ドアが開かれ、部屋に足を踏み入れると、部屋全体が光り輝いて見える。「ママ」と言って近づいてくる娘が、その光源のような気がする。肩を出した真っ白いドレス、真っ白い生花をあしらった髪、なんとうつくしいのかとひとみは一瞬見とれてしまう。

「今日は遠方までありがとうございます」光沢のあるグレイのタキシードを着た新

郎が結麻の隣に立つ。

「おめでとうございます」ひとみは深々と頭を下げる。

親族たちが入れ替わり立ち替わり挨拶にきて、せわしなく言葉を交わしているうちに、式場にご移動をお願いしますとホテルのスタッフが言い、彼女に続いてみんなぞろぞろと移動する。席に着くと、泰田紀行が額に汗を浮かべてやってきて、隣の席に着席する。

「梅雨の晴れ間でよかったな」

「間に合ってよかったね」同時に言い、同時に笑う。

「それにしても早すぎるよなあ」しみじみと紀行が言う。ひとみも同感だった。関西の大学に進学した結麻は、関西で就職し、学生時代から交際していた恋人と、二十六歳で結婚する。半年ほど前、結婚することにしたと濱野林太郎（はまのりんたろう）くんを紹介されたときも、早すぎるんじゃないのと、ついひとみは言ってしまったほどだ。言ってから、悔やんだ。高校生のときに世界的なパンデミックが起き、両親が家庭内別居をし、大学進学とともに離婚したのだ。もしかしてさみしい思いをしていたのかもしれないし、早く家族を作りたいと思ったのかもしれない。

若い招待客たちが次々とやってきて、会場は一気にはなやかになる。明かりが消え、アップビートの音楽がかかる。奥のドアが開き、腕を組んだ新郎新婦が登場し、拍手が起こる。父親が新婦とともに入場し、新郎に渡すなんて古めかしいことは、今の時代はしないらしい。

「あの子、本当にきれいねえ」親の欲目ではなく、今日の結麻は本当にうつくしいと、高砂席に着く娘を見てひとみは言う。返事がないのでちらりと見ると、紀行はナプキンで顔を覆って声を出さずに泣いている。

「泣くの早すぎでしょ」ひとみは呆（あき）れて言うが、言ったそばから鼻の奥がつんと痛んで、あわてて天井を向く。結婚式、呼んでくれるの？　と、林太郎くんを紹介されたとき、ひとみは訊いた。当たり前でしょ、と結麻は笑っていた。パパとテーブルいっしょになるけど、けんかしちゃだめだからね、と言う二十六歳の娘に、ママ飯とパパ飯の選択肢があるなんてラッキーだと思うよ、と言っていた高校生の姿が重なって、そのときもひとみは泣きそうになったのだった。

式が終わり、庭園に移動して写真撮影がある。新郎新婦はまず友人たちに囲まれ、その後、両家の両親とともに六人で写真を撮る。六人で撮ったあと、「三人で撮ってもらえますか」と、結麻がカメラマンに言う。「ね、三人で撮ろう」そう言われて、結麻を真ん中に挟み、写真を撮ってもらう。そのあとは、新郎新婦二人で、場所を移動しながら何枚か撮影するようだ。

離婚してから、ひとみと紀行はときどきいっしょに食事をしたり、関西の結麻に会いに一泊の旅をしたりしている。もと同級生のような気安さがあるが、恋愛に発展することはない。この先、ひとみはもうだれとも恋愛はしないだろうと思っているが、紀行のことはわからない。もしかして恋人がいるかもしれない。プライベートはおたがいに詮索しないのが、暗黙の了解である。

「日帰り？　泊まり？」式場を出ながら、泣きはらした顔で紀行が訊く。

「このホテルを予約してある」

「なら夕飯、いっしょに食べよう、おれも泊まりだから」

ホテルのコース料理でまだ空腹ではなかったが、夜の七時に紀行が予約してくれた店にひとみは向かう。居酒屋ふうのカジュアルな店だが、ハモ鍋が有名らしい。座敷席で向き合ってビールで乾杯をする。今ごろ結麻たちは、学生時代の仲間たち

と二次会で盛り上がっているだろう。「パンデミックみたいなことがもしまた起きても、壊れない夫婦になりなさいって、私、言ったんだ」前菜を食べながらひとみは言う。林太郎くんを紹介された日に、結麻にそう言ったのだ。

「おれも似たようなこと、言ったぞ」と紀行が言う。

「じゃ、その返答も同じかな」

「パンデミック並みに予想外のことが起きて別れることになっても、家族と思える関係を作りたい」結麻のせりふを紀行が口にする。

「うちみたいに」そうだった、結麻はそうつけ加えたのだった。そうつぶやいて、さっきまで我慢していた涙がひとみの目からあふれる。「なんてやさしい子なんだろう」気を遣って言ったのかもしれない。けれどそれを聞いたとき、家族はこうあるべきだなんて思う必要はないんだと、ひとみははじめて思った。離婚したことを結麻に申し訳なく思う必要もない。私たちは、おたがいを認め合って、思いやり合って、自分たちの日々を自分らしく生きていけばいいんだと思ったのだった。

「みんな違う名字になったね」ひとみはハンカチで涙を拭きながらしみじみと言う。

「じゃああれだ、それぞれの頭文字をとって濱泰森ってユニットにしようか。泰森濱かな」

「夫婦別姓が認められたら、いろんなユニットができていくね。ユニット名も長くなる」

「ユニット結成祝いに」紀行は言って、ビールジョッキをひとみのそれに合わせる。

ひとみはふと、三十年近く前の自分たちの結婚式を遠く思い出す。あの日があって、今、ここにこうしていることを実感する。

グラタンバトン

グラタンバトン

昨年、出版社に就職した娘の希子（きこ）は、このごろ贅沢なものばかり食べているらしい。深夜を過ぎて帰宅する日もあるらしく、祝日も関係ないらしいから、母である佳苗（かなえ）は、希子が体調を崩さないか心配してもいるが、食生活についても不安だ。昨日はフランス料理、今日はお鮨（すし）、明日はイタリア料理……なんて日々だと、確実に野菜不足でカロリー過多だろう。

……と、就職を機に、都心でひとり暮らしをはじめた娘のことを案じる気持ちがいちばん大きいのだが、その心配のなか、非常にかすかに、羨望（せんぼう）とも嫉妬（しっと）ともいらだちともつかない気持ちが混じっているのに、佳苗は自分でも気づいている。

そもそもの発端は、今年のお正月である。久しぶりに家族三人で顔を合わせ、昼間から日本酒を飲み、佳苗の作ったおせちをつまんで話していた。研修期間が終わった後、漫画の編集部に配属された希子は、ベテラン編集者とともに漫画家の先生のもとをまわっていると話していた。今日は焼き鳥が食べたいな、と思っていても、先生たちを接待するのに高級料理店や有名店にいかねばならず、若いんだから食べられるだろうってあまりそうなものをお皿に盛られるし……、とこぼしていた。

「そりゃたいへんだ、無理するなよ」と父である悟（さとる）が言うと、

「私、女子のなかでは大食いみたいだからだいじょうぶだよ」と希子は笑っていた。

「あんまり飲まされすぎないようにね」と言う佳苗に、

「コンパでイッキさせられてたおかあさんの時代とは違うから、それもだいじょうぶ」と返した。そこまではよかった。「でもさ」と希子は続けた。「白子（しらこ）っておいしいのは本当においしいんだね」

「なんだそれ」と父親が笑うと、希子は佳苗でも知っている高級鮨店の名を挙げ、

「そこで白子の焼いたのを塩で食べて、おいしすぎて気絶するかと思った。ほら、私ずっと、鍋にぼーんって入ってる白子しか知らなかったから」と言う。佳苗はか

ちんときて、

「悪かったわね」と反射的に言っていた。「鍋にぼーんって入れるだけで、すみませんでしたね」

「そんなこと言ってないよ。あ、でも、そういうのってあるよね。ほら、肉じゃがって豚肉だと思う人と牛だという人といるじゃない。あれって自分のおうちがどうだったかってことでしょ？」と希子は悪気なく続ける。赤身のステーキはかたいと信じていたけどそうではない、とか、泡立てた卵白ですき焼きを食べさせる店がある、などと話し続け、食べることの好きな悟は興味深げに聞いていた。佳苗もそのテの話は好きなほうだが、しかし、かちんとき続けていた。

なんだか私がろくなものを食べさせなかったみたいじゃない。そりゃ、超一流店に比べたら安い食材、素人調理だけど、それでもフルで働きながら出来合いのものはなるべく使わないようにして一生懸命作ってきたのに。二十年以上も。……心のなかで思いながら、口には出さなかった。希子はそんなことが言いたいのではないだろうし、被害妄想なのもひがみなのもわかっていた。希子と同じ二十三歳のとき、アパレルメーカーに就職していた佳苗は、たまに友人とフランチャイズのイタリア料理店にいくのが唯一の贅沢だった。

　正月休みが明け、希子は都心のマンションに戻っていった。佳苗はよくＬＩＮＥを送るが、既読になるのは夜から深夜にかけてで、返信はめったにこない。既読がつけば元気なのだろうと思うようにしている。

「グラタンってどうやって作るの」と、めずらしく希子からＬＩＮＥがきたのは平日の午前中だった。

　掃除機をかけていた手を止めて、「高級グラタンを食べてるだろう人に、私のもったりしたグラタンなんて教えられない」と佳苗は返信し、パンダがあっかんべーをしているスタンプを送る。

「そのもったりしたグラタンが食べたいんだよう〜」、その後、寝転がってジタバタするクマのスタンプ。

　佳苗ははっとして、スマートフォンを握りしめたまま階段を下り、キッチンの棚から一冊の料理本を取り出す。ページの隅がいくつも折ってある。牡蠣（かき）フライ。ミートソース。治部煮（じぶに）。グラタン。

三年前に七十五歳で亡くなった母親が使っていた、八〇年代刊行の料理本だ。大学進学時、ひとり暮らしをはじめる佳苗に母が譲ってくれたのだった。私はもう本を見なくても作れるから、と。佳苗はほとんどその本を開かなかった。外食も多かったし、もっとかんたんで見栄えのいい、新鮮な料理を作りたかった。グリーンカレーやアヒージョやタブレなんかを。食生活を心配して電話をかけてくる母親に、生意気なことを言ったかもしれない。あの本の料理、古くさいんだもん、とかなんとか。母もかちんときていたのかも。

母の料理本を開くようになったのは結婚してからだ。変わった料理は作りたいだけで、食べたいものは違うものだと気づいた。母の味がとくに恋しい料理は、ページの隅を折ってくりかえし開いた。そんなことを思い出すうち、口もとがゆるむ。

ダイニングテーブルに本を広げ、レシピをスマートフォンに打ちこもうとして、写メがある、と気づいた佳苗は何枚か写真を撮って送信する。

「もったりグラタンどーぞ」と送ると、「もったりグラタン笑」と即座に返信がある。今日は休みなのだろうか。これから買いものに出るのだろうか。二階に戻り、掃除の続きをはじめる。開け放った窓の外、晴れた空が広がっている。

夜になって、LINEの通知音が鳴る。見ると希子からで、皿からあふれんばかりのチーズがのったグラタンの写真である。ダイニングテーブルの向かいで晩酌をする悟に、佳苗はスマートフォンを向ける。

「希子シェフのもったりグラタン」と言うと、

「おお、うまそう」と悟は真顔で言った。見栄えは悪いが、

「確実にうまいでしょうよ」佳苗は言う。だって三代続く伝統の味だもの、と心のなかでつけ加える。

彼女のお弁当

四月になって、娘の希子は、ようやく新人の漫画家を担当させてもらうようになったらしい。今まで大御所の漫画家のところへはベテラン編集者と通っていたが、それも、じょじょに希子が担当していくのだという。黒いズボンははきたくない、スカートがいいと泣いていたのはついこのあいだのことに思えるのに、そんな話を聞くと、なんだか自分より立派な大人みたいに、母の佳苗には思える。希子が大学に入学したときも、成人式を迎えたときも、出版社に就職したときも、これでもう母親は卒業だと思ったが、ようやく今ごろになって、本当にもう自分の役目は終わったのだと佳苗は実感している。それはすばらしいことのはずなのに、なんだか力が抜けていくようなさみしさがある。

「えー、いいなあ、うらやましいですけどねえ」と、職場の昼休み、いっしょに弁当を広げた山口さんが言う。「私にいつかそんな日がくるとは、とても思えない……」

佳苗はタウン情報誌を発行している制作会社で、契約社員として働いている。山口さんは三年前に正社員として入社してきた、まだ三十代の女性である。小学校低学年と五歳の子どもがいる。毎日忙しすぎて、夜は気を失うようにして眠るのだとよく言っている。忙しいわりには、山口さんは毎日手のこんだ、彩りもうつくしい弁当を持参している。ほかのスタッフは外にランチを食べにいくが、佳苗と山口さんはほぼ毎日、がらんとした会議室で持参した弁当を食べる。

「そうよねえ。私も娘が小学生のころは、私はこの先一生、ヨガをやったりフラワーアレンジを習ったりできずに年老いていくんだなあ、って思ってた」

「好きだったんですか、ヨガとか、お花とか」

「ううん。ちっとも」佳苗が言うと、山口さんは天井を向いて爆笑する。思わず佳苗も笑う。ヨガでも習字でも、なんでもよかったのだ。子どもと家事と仕事と遠く離れた、自分だけの時間が持てるのならば。

「でもいつも思うんだけど、山口さんのお弁当は本当にきれい。そんなに忙しいのに、よくちゃんと作るものだなって、つい見とれちゃう。お子さんたちは給食でしょ？」

「休みの日にキット作っておくんですよ。だから平日はなんにもしないんです」

「キット？」

山口さんは下の子を妊娠しているとき、宅配サービスのミールキットを頼んでいたのだと話した。レシピに必要な食材があらかじめカットされ、調味料とともにセットされているもので、献立を考えなくても、ぱっと作れるのだという。「夫でも失敗なく作れるし、チョー便利なんですよ」と言う。そういうセット食材のことを、佳苗も昔、聞いたことがある。けれど、自分よりもっと忙しいキャリアウーマンのような人が使うのだろうと思って、調べたこともなかった。

佳苗の仕事場から自宅の最寄り駅まで、電車で二十分かかる。四月の下旬、午後五時を過ぎてもおもてはまだ明るい。さほど混んでいない電車の座席で、佳苗はスマートフォンを取り出す。

「でも気づいたんですよ、ミールキット、買わなくても作れるじゃんって！」と山口さんは言っていた。なんでも数年前からミールキットはちょっとしたブームで、ネットでも作りかたが出はじめていて、やってみたらかんたんだった。以来、休日に、夕食と弁当のキットを作っておくのが日課になったのだという。

スマートフォンで調べてみると、たしかにたくさんのキットレシピが出てくる。ふわーっと幸福な気分になり、わくわくしてくる。へええ、下味をつけたお肉のキットと、野菜類やきのこ類のキットと合わせて、何通りもの料理が可能というわけね……。佳苗はいくつかの食材を思い浮かべ、頭のなかで小分けしていく。降車駅に着いたことに気づいてあわてて電車を降り、駅ビルのスーパーに向かう。

目についた春野菜や刺身類を買いものかごに入れてから、今さっき思い描いたミールキットの食材を買おうか迷い、はっと我に返っておかしくなる。残業もなく、手のかかる子どももおらず、夫の悟に会食の予定があればひとりのかんたんな食事ですむ。そもそも悟は外食好きで、週末は夫婦二人で飲みに出ることも多い。ミールキットを常備しておくほど、忙しくもないのだ。

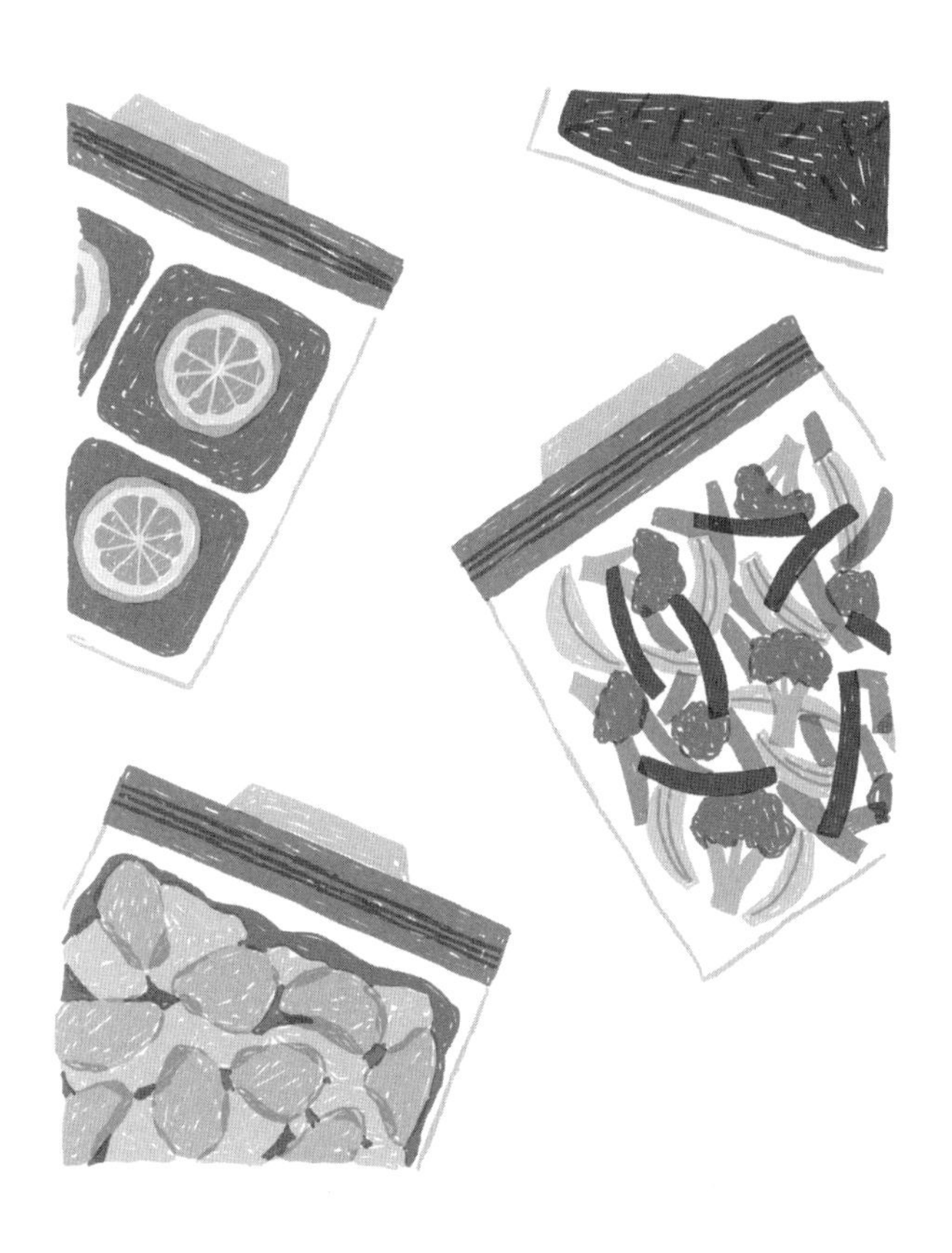

今夜の夕食ぶんだけの食材を買い、ようやく日の暮れはじめた町を、家めざして歩く。さっきのわくわくは、ミールキット作りじゃなくて、あたらしいことをはじめるときの高揚だったんだと思い出す。ヨガとかフラワーアレンジとか習字とか、もうなんでもはじめられるんだな。佳苗はそう思ってみるが、さっきのようにはわくわくしない。自分だけの時間が持てるって、こんなふうにさみしいことだと、かつての忙しいときは思わなかった。さみしいって、ぜいたくな気持ちなんだな。そんなことを考えながら、佳苗は帰路に着く。

静まりかえったキッチンで、夕食の支度をはじめる。スマートフォンが短く鳴り、チェックすると夫からだった。「八時には帰ります」。佳苗は手を洗い、「お刺身買ったから日本酒をお願い」と返す。親指を突き立てたアニメのキャラクターのスタンプが即座に返ってくる。

残業をしていた山口さんは、もうそろそろ帰り支度をしているだろうか。今日の帰り際、佳苗を呼び止めた山口さんの顔が浮かぶ。佳苗さん、ありがとう、と山口さんがあらたまって言うので、なあに？　と訊くと、「お弁当」と山口さんはつぶやいた。「褒めてくれて、うれしかったです」そう言って笑い、「忙しいの、あと十年がんばれるくらいうれしかったです」と付け足した。それを聞いた佳苗はなぜか泣きそうになり、「やだ、何、そんな」ともごもご言って帰ってきてしまった。

私も本当に、何かはじめてみようかな。ヨガとか俳句とか。はじめてみたら、さみしい気持ちなんてすぐに忘れて、きっとわくわくするだろう。そのとき、山口さんありがとう、って今度は私から言おう、と佳苗は思う。

あの日の先

　台所の床下収納の戸を開けて、佳苗は中身を取り出していく。長期保存可能のレトルト食品や缶詰、ドリンクゼリーや水など、非常食が入れたままになっている。非常食のストックは、東日本大震災のあとからはじめた習慣だが、今詰まっている食料品はいつ買ったのか、そんなに前ではないはずだけれど、すでに思い出せない。賞味期限を確認すると、レンジであたためるだけのごはんはすでに期限切れ、数種類あるレトルトカレーはあと一、二か月、フリーズドライの炊き込みごはんはあと半年。まだ余裕のあるものを元に戻し、期限切れのもの、期限切れが近いものを抱えて戸を閉める。

水
水
Curry
Curry
CUP
RAMEN
CUP
RAMEN

その週の日曜日は、非常食をあたためた昼食を用意した。フリーズドライのお味噌汁に炊き込みごはん、レトルトカレーは別皿で出し、サラダだけ作った。

「こういうの、買っても忘れちゃうから、これから毎年防災の日が近づいたら食べることにしましょう」佳苗は夫の悟に言う。佳苗の働く制作会社が無料配布しているタウン誌に、そんな記事があったのだ。ストックしている非常食をこまめにチェックし、入れ替えていく、という記事だ。編集部ではその話で少しばかり盛り上がった。そもそも非常食を用意してないという人もいれば、防災の日に買い換えているという人もいた。佳苗のように、何かのときに買ったものの、しまってあるだけ、という人も。それを思い出して賞味期限を確認したのだった。

「最近のレトルトってうまいよな」食べることが好きな悟は、どんな料理にも文句を言わない。

はじめて買ったフリーズドライのごはんや味噌汁など、たしかにびっくりするくらいおいしい。

「そういえば、非常食を食べ続けたことがあったよな」悟がふいに笑う。「まだ希子が生まれる前。結婚してすぐのころ」

「あ」言われて佳苗も思い出す。「結婚してすぐじゃないよ、結婚前だった」

佳苗はまだ二十代だった。お金を下ろし忘れてゴールデンウィークに突入し、つきあっていた悟に食事をおごってもらおうと会いにいったが、悟もお金を下ろしていなかった。二十数年前は、祝日にATMは作動していなかったのだ。佳苗の住まいにはまだより多くの食品があったので、二人してあるものを食べ続けた。米を炊き、ツナ缶を開けたりお粥にしたりして。終盤、ついに保管していた乾パンや羊羹を食べた。キャンプみたいだな、と悟はなぜかうれしそうに言って、そのとき佳苗は、この人と結婚したらうまくいくと確信した。

「若かったなあ」佳苗はつぶやく。「あんなことだってたのしかったんだから」いや、二人だから、この人といっしょだったからたのしかったのだ。

「あのときから比べたら、非常食ってものすごい進化したんだな」

「ねえ、今年の夏休み、キャンプしてみようか」ふと思いついて佳苗は言う。

悟も佳苗も、じつはキャンプなどしたことがない。希子がちいさいころ、川辺や大きな公園でバーベキューをしたことがあるくらいで、アウトドアとは二人とも縁がない。五十歳近くなってはじめてのキャンプというのもどうだろう、などと言いながら、計画を立ててはじめてみたら意外にたのしくて、初心者向けのキャンプ場を調べ、佳苗は八月の連休に那須のキャンプ場を予約した。

バンガローもあるが、せっかくだからと簡易テントを買った。キャンプ場ではバーベキューセットの貸し出しもあり、炊事棟もトイレも洗面所も完備されている。自動販売機もある。近くには温泉もあり、道の駅もある。キャンプ場では、ピザ作りやカヌー体験など豊富なアクティビティが用意されていて、ちいさな子どものいる家族連れが多かった。

悟と佳苗は説明書を読みながらテントを組み立て、森のなかを歩いて温泉にいき、帰りに近くの道の駅で食材を買い、バーベキューセットを借りて、日も落ちきらないうちに食事の準備をはじめた。

「希子がちいさいときに、こういうことをしてあげればよかったね」家族旅行は毎年いっていたが、こういう体験型の旅はしたことがない。はしゃぐちいさな子どもたちを見ると、ついそんなふうに佳苗は思ってしまう。

「でもまあ、中年夫婦二人というのもオツじゃないか」

「そうだけど」佳苗は笑う。この人は変わらない。数え切れないくらい喧嘩(けんか)もしたし、憎たらしく思うときもあるけれど、今もいっしょにいて笑い合えるのは、あのときの確信がただしかったからだ、と佳苗は思う。この人と結婚したらうまくいく、という確信。

持参したワインを飲みながら、道の駅で買った野菜を焼き、貝や魚を焼いていく。空はだいだい色から紫に変わり、やがて紺に染まっていく。見上げると、すでに無数の星が瞬いている。周囲からバーベキューをする家族の笑い声や食べもののにおいが漂ってくる。

「肉も焼こう」悟は立ち上がり、さっき買ったステーキ肉を網に置く。

「たれじゃないよね、塩だよね。あ、赤ワインも開けようか」佳苗は荷物からワインボトルを出し、コルクを抜く。

「なんか思ったよりかんたんだし、いいな、これ」炭火に顔を照らされて悟がつぶやく。

バーベキューセットを片づけ、顔を洗い歯を磨き、テントに横になる。まだ八月なのに秋を思わせる虫の音が響いている。おやすみと言い合ったばかりなのに、隣から、軽いいびきが聞こえてくる。キャンプみたいでたのしいな、と言ったことを悟は覚えているだろうか。

たしかに思ったよりもかんたんで、子連れでなくても、とくべつアウトドア好きでなくても、中年夫婦でも、たのしかった。もしかしたらこれからキャンプにはまるかもしれない。そしたらいつか、星空を見ながら悟に話してみよう。あの日があるから今日があって、今日があるからまたその先があるんだよね、と話してみよう。とりとめなく考えるうち、佳苗は眠りに落ちた。

それぞれの夢

それぞれの夢

「将来の夢」と課された作文に、田口莉帆（たぐちりほ）は「いるかのしいくいん」と書いた。一年生のときまではピアニストになりたいと思っていたけれど、二年生の夏休み、両親とともに訪れた動物園でいるかのショーを見た直後、莉帆は将来の夢を変更した。ピアノをやめて水泳を習うのに、母親は最初かなり反対した。投げ出し癖がつく、というのが理由だった。やりたいことはなんでもやらせる主義の父親が賛成してくれて、二年生の秋から莉帆はスイミングスクールに通っている。

「莉帆っち、半分食べる？」コンビニエンスストアから出てきた朝倉（あさくら）すずは、湯気の出ている包みを差し出す。「あんこじゃないよ、ただの肉まんでもない、チャーシューまんだよ」

「え、いいの」莉帆はつばをのみこんで、一応は訊く。

「いいよいいよ」いつものように言いながら、すずはチャーシューまんを半分に割って、莉帆に差し出す。二人並んで歩きながら、あたたかいそれを頬張る。

「チャーシューがうまい」莉帆はつぶやく。

「チャーシューをおうちで作ったときチャーシューまんも作れるね」すずが言う。

「えっ、チャーシューっておうちで作れるの」

「作れるよ、かんたんだよ。でもこの皮を作るのはむずかしいかもしれない」

スイミングスクールで知り合ったすずは、莉帆と同じ小学五年生で、同じ沿線に住んでいて、高校まで続く私立の学校に通っていて、将来の夢はオリンピック選手らしいけれど、どの種目もそんなに早くない。さらにはお金持ちで、帰り道のコンビニでいつも「重みのあるおやつ」を買い、買い食い防止のためにおこづかいを持たされていない莉帆に、気前よく分けてくれる。

「将来の夢って作文に、いるかの飼育員って書いたんだけど、でもその前に私はひとりで暮らして毎日お肉を食べるのが夢。そっちの夢のほうがほんとうの気がする」チャーシューまんを食べながら話すと、息も白い。莉帆の母親は肉が好きではない。アレルギーではないが、ちょっとの量でも「もたれる」のだと言う。だから食卓には魚と野菜ばかりが並ぶ。たまの日曜日、父親が料理するときだけ、焼きそばやカレーに肉が入る。でも決まって鶏肉だ。大人になったらチューシューもかんたんに作れるようになりたいと、切実に莉帆は思う。

「いるかじゃなくて焼き肉屋さんにしたら?」すずがさらりと言い、莉帆はびっくりする。

「焼き肉屋さんかあ! でもさ、焼き肉屋さんって焼き肉を毎日食べていいの?」莉帆は焼き肉店にいったことがない。だから、お店の人がどんなふうなのかまったくわからない。

「お店が終わったあとなら食べていいんじゃない? あっ、でもやっぱりその夢はやめて。焼き肉屋さんになるなら、スイミング必要ないじゃん。私はずっと莉帆っちと泳いでいたいよ」

「私だってそうだよ、スイミングはやめないよ」

駅が見えてくる。駅の近くにはファストフード店や飲食店がたくさんある。焼き肉店もある。最後のひとかけらをのみこんで、いるかの飼育員と焼き肉店経営をどうすれば両立できるか、真剣に考えはじめる。

新年、田口莉帆ははじめて焼き肉店に足を踏み入れた。

毎年、元旦は自宅で過ごし、二日、三日に祖父母宅にいく。たいてい二日が大宮の祖父母宅（母親の実家）、三日が宇都宮の祖父母宅（父親の実家）で、宇都宮で一泊する。

父方の祖父母宅で、莉帆のいとこたち——父の兄の子で、高校生の龍太（りゅうた）と中学生の光貴（みつき）の二人が、おせちはもう食べたくない、焼き肉食べたいと猛烈に言い募って、総勢九人で焼き肉屋にいったのだった。

「こんなにおいしいものを知らずに生きていたんだって、泣きそうになっちゃったよ」

スイミングを終えて駅まで向かう道すがら、すずの買ったからあげクンのお裾分けを食べながら莉帆はお正月の話をする。まだ一月の半ばなのに、商店街からはお正月の気配が消え、大人たちがせわしなく駅へと歩いている。

「焼き肉屋さんになりたいって思った？」すずが訊く。すずは年末年始、沖縄にいっていたらしい。

「でも、お店が閉まってから食べられるとしたら、お客さんのところにお肉を運ぶのがかなりつらいと思ったよ。だから考えたんだよね。私はいるかの飼育員になって、焼き肉屋の人と結婚したらいいんじゃないかなあ。帰ったら毎日焼き肉。ともかくスイミングはやめないよ」

「私は餅だな」からあげクンの空き箱をレジ袋に入れて、すずが言う。

「もちって、お餅？　白い餅？」

「私の夢はオリンピック選手になることだけど、莉帆っちとおんなじに、ほんとうの夢もあって、それは選手を引退したあとに、毎日毎日、毎日毎日餅を食べて暮らすの。餅屋の人と結婚するんじゃなくて、自分で餅を作って毎日いろんな味で食べる」

「いろんな味……」あまりに驚いて莉帆はすずのせりふをくり返す。すずが、そんなに餅好きだとは知らなかったのだ。というか、餅好きの人が世界にいるなんて、考えたこともなかった。「定番は磯辺とか大根おろしだけど、チーズも合うし、マ

ヨモトマトもいける。甘いのもあんこだけじゃなくてキャラメルとかチョコとかね。沖縄の餅ははじめて食べる味だったけど、それも好きだった」白い息を吐きながらすずは話す。「引退するまでは、太るからたくさんは食べられないでしょ？　だから食べたい気持ちをためておいて、引退したら餅を食べ続けるの」

莉帆は尊敬のまなざしですずを見る。前から思っていたけれど、すずはすごい。餅は、お雑煮とお汁粉と磯辺焼きしか知らなかった。それに何より、餅屋の人と結婚するんじゃなくて、自分で餅を作るというのが、自分の夢よりかっこいい気がする。

「中学生になっても、スイミング続けようね、すず。餅を食べ続けるために、がんばろうね」

駅にたどり着き、ホームで別れるときに莉帆はすずに言った。すずは笑顔でうなずくと、反対側のホームに向かって歩き出し、振り向いて一度手を振り、走っていく。

彼女の恋と餅きんちゃく

スイミングスクールからの帰り道で、朝倉すずは毎回コンビニエンスストアに寄って、チャーシューまんとか唐揚げとか、重みのあるおやつを買って、田口莉帆に気前よく分けてくれる。スイミングのあとは気持ちが獰猛(どうもう)になるくらいおなかが空(す)いているので、申し訳ないと思いつつも、莉帆はすずの買い食いを心待ちにしていた。

ところが二月のその日、すずはコンビニエンスストアを素通りした。

「えっ」と思わず莉帆は声を出す。「寄らないの？」言ってから、なんだかたかりみたいに聞こえなかったかと不安になり、「あ、そういうんじゃないんだけど」とつけ足した。

「ダイエットすることにしたの」と、通り過ぎたコンビニエンスストアをちらりと振り返ってすずは言う。「だから間食はしない」

「ダイエット！」あまりのことに莉帆は大きな声を出し、すずににらまれる。「だってすずはぜんぜん太ってないし、そんなの必要ないよ」

「好きな人ができたんだよ」ぐるぐる巻きにしたマフラーに顔の半分を埋（うず）めるようにしてすずは言う。「だからもっとかっこよくやせて、買い食いとかしない人になろうと思って」

「好きな人ってだれ？　スイミングのだれか？」スクールでおなじクラスの男子たちを思い浮かべるが、すずが好きになるのに値するような子は思いあたらない。

「だれにも言っていないんだけど、莉帆っちとのあいだに秘密は持ちたくないから、言うね」立ち止まることなく歩きながら、思い詰めた表情ですずは言う。「アンドリュー先生。一月から通いはじめた英会話学校の先生なの。オーストラリアから去年日本にきたんだって」

　莉帆は何か言いたいが、言うべき言葉が見あたらない。大勢の大人たちが足早に駅に向かって歩いている。すずも彼らに交じって急に足早に立ち去っていくような気がして、莉帆は焦る。

「その人、お餅とか知ってるかな……」とつぶやいたのは、すずの将来の夢を思い出したからだ。毎日餅を作って食べるというのが、先月に聞いたばかりのすずの夢だ。外国人は餅なんて食べないのではないかと不安になったのだ。

「餅はおいしいし、好きになるんじゃないかな。納豆からみ餅は無理かもしれないけどさ。でも、他文化を尊重する人だと思う、アンドリューは」

莉帆はもう何も言えず、ホームですずと別れて、大人たちで混んだ電車に乗りこんだ。他文化。アンドリュー。オーストラリア。英会話学校。恋。恋。恋。すずの言葉の断片がぐるぐると頭のなかをまわる。餅のことなんか言った自分が、馬鹿みたいに思える。

学校のクラスでも、だれがだれを好きという話は飛び交っているが、すずの恋は、そんなのとはまったく違う気がする。すずは本気だ。大人の恋だ。だからもう重みのあるおやつも買わない。二人で、チャーシューまんやからあげクンを半分こして食べながら歩いた日々が、ものすごく遠い、そしてものすごく満ち足りた時間として思い出される。おなかがグーっとかなしく鳴り、莉帆は泣きたい気持ちになる。

今まで何もなかったみたいにすずがコンビニエンスストアにすーっと入っていったのは、桃の節句も間近な、まだ空気の冷たい日だった。え？　え？　いいの？と思いながら、莉帆はすずに続いて店内に入る。暖房が効いていて、おでんのだしの匂いがして、雑誌コーナーで何人かの大人が立ち読みしている。すずはまっすぐレジに向かうと、

「おでんください。えーと、つくねとがんもと、玉こんとウインナー巻きと」そこまで言って莉帆を振り返り、「たまご食べる？」と確認してから、「たまご二つと、あと、あと、あと、餅きんちゃく！」意を決したように言う。

お箸を二膳もらって、コンビニエンスストアのドアのわきに立って、湯気を上げるおでんを二人で分ける。すずが、買い食いしない宣言をしたのは二週間前だ。

「いいの？　あの、ダイエット」おずおずと莉帆は訊く。ウインナー巻きはあげるというので、ありがたくもらう。うっとりするくらいおいしくて、体の芯からあたたまる。

「おでんはローカロリーだからいいんじゃないかと思って。冷えは女の大敵だしね。

こんにゃくは私がもらうね」

「すず、いつも分けてくれてありがとう。私、おこづかいもらってないから、なんにもお礼ができないけど……」

「いい、いい、そんなこと。ひとりで食べるより二人で食べたほうがおいしいもん」

「アンドリュー先生は元気？」

「元気だよ。私の通う英会話学校は、毎回先生が違うから、毎週会えるわけじゃないんだけど、でもそのほうが長続きすると思うんだ、恋は」あいかわらず大人っぽいことを言うすずを、莉帆は尊敬のまなざしで眺める。すずはこんにゃくにかぶりつきながら、「莉帆っちはいないの？　好きな人」と訊く。

「いないよ、うちの学校の男子はみんなガキで下品だし、スイミングにだってかっこいい子はいないしさ……」

「ま、恋ってのはとつぜん落ちちゃうものだから、焦ることないよ」と言い、すずは箸で餅きんちゃくをつまみ、せりふとは裏腹な子どもじみた顔でじっとそれを見つめ、意を決したようにぱくりと噛みつく。もぐもぐと咀嚼し、「ああ！」空を仰

いで真っ白い息を盛大に吐いて叫ぶ。「おいしい！　餅おいしい！　迷ったけど買ってよかった！」満面の笑みで莉帆を見る。

大人っぽいし恋をしているしアンドリューだし冷えは女の大敵なんて言うし、日に日に遠い存在になっていくように思えていたすずが、自分と同じ十一歳の女の子だとふいに実感して、莉帆はうれしくなる。

「六年生になってもスイミングやめないよね？」莉帆は念押しするように訊く。

「やめるわけないよ、オリンピック選手になるんだから。英語だってそのためにはじめたんだから」すずが言い、二人で顔を見合わせてから、器のなかのたまごをひとつずつ、箸でつまむ。

帰り道の時間

田口莉帆はその日、かなり落ちこんでいたのだけれど、学校でも、放課後のスイミングスクールでも、だれにもそれを気取（けど）られないようつとめてあかるく振る舞っていた。それでも朝倉すずは何か感じたらしく、「帰りのおやつになんかリクエストある？」と、更衣室に向かいながら、さりげなく莉帆を元気づけるようなことを言う。「すず、ありがとう」莉帆は泣きたい気持ちになる。「そんなの気にしないで。いつもごめん」

じつは昨日、夕食のことで母親とけんかをした莉帆は、帰り道にいつもすずが何かしらおごってくれることを腹立ちまぎれに口にしたのだった。昨日の夕食はいわしの梅煮で、おとといはたらちりだった。もっとべつのもの——ハンバーグとかグラタンとかとんかつとかが食べたいんだ、こんなおばあさんみたいな食事ばかりだから生理だってまだこないんだ、だからすずがおやつを買ってくれるんだと、ぶちまけた。

驚いたことに、母親は泣いて怒った。食事のことや生理のことではなくて、すずに食べものを買ってもらっていた、というのが、母親的に超絶許せない案件らしかった。スイミングをやめさせるとまで言い出したので、莉帆も泣いてそれはいやだと食い下がった。父親だけがおろおろと「そんなに怒るな」「莉帆も莉帆だ」と中立の立場を守っていた。

着替えながら莉帆は手短にことの次第を説明する。

「だから今日から、もうおやつは食べちゃいけないんだ……」そう約束して、スイミングを続ける許可を得たのだった。

出入り口を出た莉帆は、前に立ちはだかった人影にぎょっとして動きを止める。

母親だった。

「こんにちは。あなたがすずさんね？　ずっと莉帆におやつを買ってくれていたって聞きました。本当にごめんなさいね」母親はすずに向かって深々と頭を下げる。スクールの子どもたちがにぎやかに出てきて、そこに立ち尽くす三人にかまわず、駅へと向かっていく。

「いえ、私が勝手に買ってただけなんで。ごめんなさい」すずは物怖(ものお)じすることなく言い、頭を下げる。

「おかあさまにもお詫びとお礼を言いたいから、連絡先を教えてくれる？」母が言うが、

「それにはおよびません。ここで失礼します」すずはもう一度頭を下げて、ちらりと莉帆を見てから、小走りにその場を離れた。その姿を見送っていた母親は、「莉帆、ファミレスにいこう」と言い、莉帆の返事を待たずに歩き出す。

なんでも食べていいと言われて、莉帆はおそるおそるミートソーススパゲティとクリームコロッケを頼む。母親は海鮮丼とビールを頼んだ。

「莉帆。ママも悪かった。でも、食べものを恵んでもらうなんてことを、莉帆にし

てほしくなかった」注文を聞いた店員が去ると、母親は思い詰めた顔で言う。

「ごめん」莉帆もあやまりながら、すずと二人でからあげクンやチャーシューまんを食べながら歩いた、数えきれない帰り道を思い出す。しあわせだったあの時間。


日曜日の昼間、自分の家にすずがいることが莉帆は信じられない。父親とすずがリビングで並んでゲームをしている。莉帆は落ち着かず、リビングと、母親のいるキッチンを意味もなく往復する。今日のメニュウはたことトマトのサラダと、ベーコンとマッシュルームのグラタンと、ミートボールの入ったパスタだ。以前だったら考えられないメニュウである。

すずにきちんとお礼をしたいから、家に招いてほしいと母親に言われたのだった。すずに何かおごってもらうことについてこんこんと説教を受けたが、あの日以来、食卓には少しずつ莉帆が食べたいものが増えた。あいかわらず母親は、胃がもたれるからという理由で、さっぱりした料理ばかりだが、一、二品、莉帆と父親のために増やしてくれるのである。

「すごーい、大ごちそうですね、いただきまーす」テーブルについて、すずは大げさに言う。

「すずのおうちはお金持ちだから、もっとすごいごちそうを食べてるでしょ」恥ずかしくなって莉帆が言うと、すずは目を丸くして両手を振る。

「うちなんかこんな何品も出ない。カフェふうとか言って、一皿にどーんと盛るんです。今ママ的にはやってるのはフライパンのまま出す料理。チキンとか、魚一匹とかと、野菜をいっしょにいれて、どーんと出すんです」

「えー、何それ、すごくいい。私も今度やってみよう。すずちゃんのママは天才ね」

「手抜きにかんしては天才的です」人見知りも物怖じもしないすずに、父も母も笑っている。

「私も子どものころ、冬のピアノの帰りに鯛焼きを買って食べるのがしあわせだった」デザートに、すずの持ってきてくれたフルーツタルトを食べているときに、ふいに母が言う。「もちろんだめだって言われてるから、こそこそ買って食べるんだけど。こそこそ食べるのがおいしいのよね」

「何それ、あんなに怒ったくせに」莉帆は思わずとがった声を出す。

「私が怒ったのは、すずちゃんに買わせていたってこと」

「だっておこづかいもらってないし」莉帆が言い、

「私が勝手に買ってたんです」すずも同時に声を出す。

「その話は今日はもういいじゃないか」父が言い、そうね、ごめん、と母があやまる。


食べ終えたらすずを自分の部屋に連れていって、アンドリューへの恋がどうなったか訊こう、と莉帆は思いながらフルーツのたくさんのったタルトを食べる。コンビニで買ったものを食べながら、恋や将来について話して歩く自分たちの姿が思い浮かぶ。そこに、会ったことのない小学生の母親も加えてみようとするが、うまくいかない。大人になったら何になりたい、何がしたいと小学生の母は言うだろう。結婚してママになりたい、なんて言わない気もする。

大人になったらひとり暮らしをする、オリンピックに出る、焼き肉屋さんと結婚する、餅を好きなだけ食べる……大人になったらやりたいことはたくさんあるけれど、でももう少し、それがかなうのはもう少しだけ、先でもいいかな、と莉帆は思う。

はじめての引っ越し

はじめての引っ越し

石田園花(いしだそのか)はそれまでに何度も、ひとり暮らしをしたいと思ったことがあったのに、実際に引っ越しの日が近づくにつれ、生まれ育った家を離れたくないという思いが強まった。

大学合格が決まってから、園花は母親といっしょに上京して、インターネットで内見申しこみをしていた物件を見てまわり、ＪＲ駅から徒歩十五分のところにあるシェアハウスを新居として選んだ。三階建てのシェアハウスは、バストイレ付きのワンルームが三十五戸あり、共同のキッチン、食堂、ランドリールーム、レクリエーションルームがあった。すでに引っ越していった卒業生たちもいて、園花と母親は空き部屋を見せてもらって、そこに決めたのだった。

その日に顔を合わせた住人の大学生たちはやさしそうだったし、「ここは住みやすいですよ」と教えてくれる人もいて、園花はきらきらしい新生活を夢見て実家に帰ったのだが、その引っ越しが一週間後ともなると、気の合わない人もいるだろう、いやいや、みんな仲よしなのに私だけ輪には入れないかもしれない、しかも男子学生も住んでるとかどうなの、やんちゃ系男子がいたら……とネガティブなことばかり思い浮かんで、お先真っ暗な気分になる。

引っ越し先が決まってから、母親は夕飯の準備どきになると、毎日園花を呼んで、レンジだけで調理できるレシピや、金欠のときのレシピなどを教えてくれる。

引っ越し前の日曜日、部屋の整理をしていた園花は母親に呼ばれてキッチンにいった。

「今日はパンの日にします」と母親は言い、園花に手を洗うように命じる。

ちぎりパンなら園花も作ったことがあるが、「これはそれよりもっとかんたん」と、母親は材料をポリ袋に入れていく。「このなかでこねて発酵させて、フライパンで焼けばできちゃうの。だからね、ガス代が払えなくてガスがつかなかったりし

たら、カセットコンロとフライパンでパンができちゃうんだから、飢えることはないよ」

「えっ、ガス代が払えないって、仕送り……」

「仕送りはするよ、あはは」母は愉快そうに笑い、「共同キッチンが混んでるときとかさ」

「そっか、そうだよね」園花は言いながら、母からポリ袋を受け取ってそれを揉むが、ひとり部屋でカセットコンロを使ってパンを焼いているさまを思い浮かべたら、自然と涙が浮かぶ。「ひとりで部屋でパンなんか焼きたくないよ……」

「え、ママなんか学生のとき、百円の鯖缶に醤油垂らして食べてたよ、ひとりで。あーあ、もう一度あんな自由なことがしたいなあ」

「何それ、たのしい思い出なの？」部屋で鯖缶を、缶のまま食べる図を想像してみても、うらさみしい光景にしか園花には思えない。

「あたりまえだよ！　あんなたのしいことはないよ。そこらへん、パパはもっと猛者だよ、バターごはんにふりかけパスタに……あとはごはんのときに訊いてごらん、止まらなくなるよきっと。まねしちゃだめ系のやつばっかりだけどね」母が言い、

「今日のごはんはこのパンだけじゃないよね？」不安になって園花が訊くと、母はなおも豪快に笑った。

同じように春からひとり暮らしをはじめた同級生に話を聞いてみると、シェアハウスに住んでいる新入生はけっこういて、でも、シェアハウスもいろいろみたいだ。まったく無干渉の、アパート同然のようなところもあれば、社会人も含めた複数人が一軒家で暮らしている場合もある。

石田園花が三月末から住みはじめたシェアハウスは学生限定で、異なる大学に通う男女が暮らし、新入生歓迎パーティもあったし、お花見ピクニックもあった。もちろん全員参加しているわけではないが、「ここはみんな仲がいいんだよ、あなたラッキーだよ」と、同じ大学に通う三年生が言っていた。

引っ越した当初は、何から何まで今までとは異なって園花は何をするにもびくびくしていた。駅前の商店街の活気にも人の多さにもびっくりし、実家の近くにあったのと同じチェーンの飲食店にも気後れして入れなかった。満員電車にも、配られるビラやティッシュの多さにも、とにかく驚きの連続だった。

けれどシェアハウスで催される会に参加したり、大学でできた友人とごはんを食べたりしているうちに、だんだんとそれがふつうのことになってくる。渋谷や六本木にいくのはこわいけれど、大学と住まいの周辺だけならば、自分の生活圏だと思えるようになる。どのパン屋がおいしくて、どのカフェのスイーツがおいしくて、どこなら安くてかわいい生活用品が買えるかわかってくる。毎日きっちり自炊をしなくても、友だちと安い定食やファストフードを食べにいけば、金銭的にそう困ることもない。今までイベントのとき以外、ずっと母の手料理を食べてきた園花にとって、牛丼も回転寿司もハンバーガーも、ぜんぶ垢抜けていて、ものすごいごちそうに思える。

三か月が過ぎるころ、園花を含めた新入生三人は、上級生の住人四人が行っている「夜会部」に参加するようになった。週に一度、一品持ち寄って夕食をともにするだけの会である。決まりは、じゃんけんで「ゴージャスさん」を決め、そのゴージャスさんが主菜となるおかずを持ってくる、という、それだけだ。ほかの会員はもやし炒めでもふかしたジャガイモでも、どんな手抜きでもいいのでサイドメニュウを担当する。母親から教わったかんたんで安上がりな料理に、園花はずいぶん助けられている。そして毎回、メンバーたちのアイディアの豊富さと斬新さに園花は驚きっぱなしだ。

今回、ゴージャスさん役になった園花は、ゴールデンウィーク前からはじめているアルバイトのお給料が出たばかりだったので、思いきって豚ロースのかたまり肉を買い、炊飯器でできるかんたん焼豚を作った。

共同キッチンの一角、七人でテーブルを囲み、それぞれの料理をつつく。焼豚は大好評だった。みんなの作った葱（ねぎ）のチヂミやコールスローや塩昆布パスタを食べながら、かしましくおしゃべりする。部屋でひとり、カセットコンロでパンを焼くような日々ではないことにほっとしつつ、母が言っていた、「あんな自由」な感じも知りたいとも園花は思うのだった。

二度目の引っ越し

　あまりにも名残惜しくて、引っ越しはぎりぎりまで先延ばしにしたかったけれど、結局、卒業式の一週間前には、石田園花は学生専用シェアハウスを退去することに決めた。そのころには各大学とも合格者の発表があり、発表を見にきた足で下宿先をさがし、契約していく新入生も多い。新入生たちにとって空き部屋のほうが見やすいだろうから、その前に引っ越そうと園花は決めたのだった。

　あたらしく契約したのは、私鉄の駅から徒歩七分のマンションで、部屋は1LDK、入り口はオートロックだし築年数も浅い。四月から働きはじめる教材会社まで、ドアツードアで三十分弱である。かなりいい物件なのに、園花はシェアハウスを離れるのがさみしくてたまらない。

　二月の最終土曜日に送別会が行われることになった。シェアハウスを出ていく卒業生は園花を入れて四人。主賓の四人は準備に加わらず、会のはじまる午後六時に食堂にいけばいいことになっている。

「今日、なんかみんなで麺をこねてるらしいよ」園花の部屋の引っ越しの準備を手伝いながら、辻萌花が言う。「のっけ丼ならぬのっけ麺で、上にのっける具材もたくさん用意してるみたい」

「のっけ丼ってさ、みんなで青森で食べたね、帰省中の中村が車で案内してくれてさ」

「中村って意外に優等生だよね、商社だっけ？　引っ越し先、恵比寿とかだよね」

「かっこつけちゃって。中村はワイン買ってくるって。前みたいな安ワインだったらどやしつけてやろう」

　四年間、毎年卒業生が去り、新入生がやってきて、部屋はいつも満室で、なぜか異様にみんな仲がよかった。春のお花見からはじまって、歴代続いてきたらしいイベントが二、三か月ごとにある。もちろんつるむのが嫌いな人は参加しないが、どんなイベントも出席率は八割ほどで、園花はほぼすべてに参加した。「夜会部」もいまだに続いているし、園花が退去後も続くだろう。両親が言っていたように、金欠ゆえの珍妙ごはんもたくさん発明したけれど、いつもだれかしらといっしょに食べていたから、驚くほどおいしかった。全国各地の出身者がいるおかげで、彼らの親御さんが送ってくるめずらしい食材にもめぐまれた。はじめて恋人ができて、一年もせずにふられたときも、萌花や、今はいない先輩たちが、やけスイーツにつきあってくれた。勉強より、学内でのサークル活動より、このシェアハウスの暮らしのほうが充実していた。

「モエモエ、私引っ越したくないよ」教科書や参考書類を、要不要に分けつつ、つい園花は泣きそうな声を出す。

「そんなの私だってそうだよ！」数少ない食器や雑貨を新聞紙でくるんでいる萌花も、手を止めて悲壮な声を出す。「しかたないよ。私たちの青春第一弾は終わったんだよ。第二弾に向けてがんばろうよ」

共同キッチンで麺をこねているらしい後輩たちの笑い声が聞こえてくる。

「第二弾だって、きっとここの暮らしに負けないくらいたのしいに決まってるよ」

笑い声に負けないように萌花が言う。

部屋を支配する静けさと、何もすることのない時間の対処法に慣れて、たしかにひとり暮らしも悪くない、と石田園花が思えるようになったのは、シェアハウスから引っ越して一か月半が過ぎる、ゴールデンウィークのころだった。研修期間を終えてマーケティング部に配属になったのはつい一週間ほど前で、こちらはまだまだ慣れるどころではないが、メールやＬＩＮＥでやりとりしているかつての同級生たちも似たり寄ったりの状況らしい。

引っ越してすぐは、驚いたことに、無意識にシェアハウスのある駅に帰ろうとしていたり、「夜会部」の持ち寄り料理について考えていたりして、その都度、違う違う、引っ越したんだ、第二弾なんだと園花は自分に言い聞かせては、さみしい気持ちになっていた。けれどこのごろになってようやく、なんの配信ドラマを見ようか、どのバスソルトを使おうか、そんなちょっとしたことを考えながらひとりの部屋に帰るのが、ささやかながらたのしくなってきた。

もと同級生たちと飲みにいったり、映画を見たり、美容院にいったりしてゴールデンウィークを過ごし、最終日、なんの予定もなかった園花は凝った料理を作ってみようと思い立ち、自転車で近隣のスーパーや食材店をまわった。精肉店で安い牛のかたまり肉を買い、野菜を買い、ワインを買い、たのしくなってきて花を買い、食器も数枚買い、大荷物で部屋に戻る。窓を開け放ち、音楽をかけて料理に取り組む。

シェアハウスのゴールデンウィークはイベントが盛りだくさんだった。ピクニックとバーベキュー、映画鑑賞会もあった。帰省した人の買ってきたおみやげを食べる銘菓の夕べもあった。たった一年前まで参加していたのに、かなしくなるくらいなつかしい。でも、こんなふうにひとりでキッチンを占領して、時間のかかる料理を作ることはできなかった、と肉と野菜を鍋に入れて園花は思う。つけあわせの準備を終えて、鍋を弱火にかけて、一週間前から見はじめたタイのドラマを見ながら、バランスボールでエクササイズをする。ベランダの向こうの空が、ゆっくりとだいだい色を帯びて、隅のほうからピンク色になっていく。ドラマからそちらに目を向けて、なんてきれいなんだろうと園花はしばし見とれる。この部屋に引っ越してよかったと、はじめて思う。

じっくり煮こんだビーフシチュウは大成功だった。つけあわせのマッシュポテトもほうれん草のソテーもうまくできている。安いワインだけれど、シチュウに合わせるとまろやかで味わい深い。シェアハウスの笑い声も、おいしいねと言い合う声もないけれど、しみじみとしあわせだと園花は思う。さっきまで夕暮れの空を見せていた窓は、今は淡い青に染まっている。

ワイングラスもちゃんとしたのを買おうかな。友だちや、この先できるかもしれない恋人がくる日のために、食器やカトラリーをもう少し揃えてもいいかもしれない。考えるとわくわくする。第二弾、たしかにたのしいかもしれない。

「あっ、写真撮ろうと思って忘れた」園花はついひとり言をつぶやく。「ま、いっか」だれかに見せるために、料理やスイーツの写真を撮るのももうやめようかなと、ふと思う。

最後の引っ越し

父、史弘が亡くなったのは、石田園花が三十歳になった翌年の、夏のことだった。医者嫌いの父親は体調が悪いことを母にも園花にも隠し続け、ようやく病院にいったときにはステージ4の癌を宣告された。余命半年と言われたけれど、七か月たっても、元気はつらつとは言わないまでも持ちこたえていたので、母親も園花も、父は死なないんじゃないかとどこかで思っていた。梅雨が明けるのを待っていたかのように、晴れた七月の終わりに父は亡くなった。六十八歳だった。

園花は一週間の忌引をもらって実家に帰り、葬儀のあとは家の片づけを手伝った。仏壇の設置を手伝ったり、父親の持ちものを、母の判断に従って処分したり、形見分けとして父の友人にもらってもらったりした。

「おとうさんもお空に引っ越しちゃったことだし、この家は私には広すぎるから、私も引っ越そうかと思うの」と、二人きりの食卓で母親が言う。

煮魚に夏野菜の出汁浸し、冷や奴と味噌汁という地味な食卓を見て、園花はふと、この家を出ていったときのことを思い出す。母親はたくさんのかんたんレシピと、ポリ袋で作るパンを教えてくれたっけ。まだ五十代だった父と母は、競うように学生時代の貧乏レシピを自慢して笑っていた。家から出ていくことがたのしみでもあったけれど、不安に押しつぶされそうでもあった。

「引っ越すって、どこに？　東京にくる？　いっしょに住んでもいいし、近くにマンションを借りるとか」園花は言うが、

「この年になって東京なんて冗談じゃない。友だちも親戚もみんなこのあたりにいるし。シニア向けのマンションに入ろうと思うのよね」と母は言い、食後のお茶を飲みながら、集めたというマンションのパンフレットをテーブルに広げる。レストランがあったりシアタールームがあったり、居室内にキッチンがあるところもあれば、共同キッチンのマンションもある。私がはじめて引っ越したシェアハウスみた

いだと園花は思う。

「これ、いいんじゃないの。共同キッチン共同リビング。たのしそうじゃない」

「だけど気の合わない人がいる可能性だってあるし……」という母とそっくり同じことを、私もうじうじ悩んだっけ。引っ越しと人間関係はいつだって賭けだ、と園花は思う。あのシェアハウスから、私鉄沿線の１ＬＤＫへ、そこから二回、さらに引っ越している。どこも気に入った住まいではあったけれど、終の棲家という感じではない。多分この先、まだ何度も引っ越すだろう。

「おとうさんは最後の引っ越しか。いいところだといいねえ」園花はつぶやく。

「いいところに決まってる。そうじゃなかったら、私がそっちに引っ越していくまでに、住環境を整えておいてもらわなきゃ」

「そういうこと言わないでよ」園花はつい真顔で言う。父がいなくなったばかりなのに、母がいなくなることなんてまだ考えたくない。ところが母は、

「やあね、あんただっていつか引っ越してくるのよ。またみんなでごはん食べんのよ」と陽気に笑う。それを聞いて、かなしみはまだ癒えないながら少しだけ気持ちが和らいで、園花も笑う。

母親の引っ越しは、つまりは彼らが三十年以上住んだ家からの引っ越しなわけで、そうとうたいへんだろうと石田園花は覚悟していたが、意外なことにそうでもなかった。父が亡くなって一年、そのあいだに母はほとんどの荷物を処分し、園花のアルバムや、作文や絵画や造形物については、必要か否かを訊き、必要と答えたものは園花のマンションに送ってきた。取り壊しも土地の処分も、母はひとりで話を進めていた。

母の引っ越すシニア向けマンションは駅からほど近く、部屋は1LDK、かんたんなキッチンもあるがマンション内にレストランもある。引っ越しは、単身者向けパックというものを利用するらしい。園花が手伝いにいくと言うと、その必要はないと断られた。

そんなわけで、園花が母の新居を訪ねたのは、引っ越しがすっかり終わった夏の盛りだった。母といっしょにお盆のお墓参りをしてから、母の住むマンションへと向かう。

母は自慢げに、フィットネスルームに音楽室、シアタールームと案内してくれる。

立派な施設に園花は驚きっぱなしである。すれ違う人たちが母に声をかけ、母が自分を娘だと紹介し、そのなごやかな雰囲気にほっとする。

母の部屋はすっきりと整えられ、実家で見慣れたはずの壁の絵も、食器類も、あたらしいいのちを吹きこまれたみたいに見えた。ひとり暮らしをはじめた母が、母ではなくて、年の離れた友だちみたいに感じられるのが園花には不思議だった。部屋は五階で、ベランダからは町並みと、手をつなぐような山の尾根が見えた。母は毎朝ひとりで起きて、この山々を見るのかと思うと、せつないような、でもうらやましいような、味わったことのない複雑な気持ちになる。

「大学を卒業して引っ越すとき、友だちが、これから青春第二弾がはじまるんだって言ったの。おかあさんも、青春とはいかないだろうけど、あらたなはじまりだね」

「あら、青春いいじゃない。青春第三十弾くらいかしらね。合唱サークルに誘われて、入ろうかと思ってるのよね。麻雀ルームもあるっていうじゃない。麻雀、ぼけ防止にいいらしいから覚えようかしら。おとうさんに習っておけばよかったわ」

ちいさな台所でお茶の用意をしながら母は途切れなく話す。シェアハウスに引っ越してすぐ、イベントに誘われて、友だちがどんどんできて、わくわくしてくる感じを園花はなつかしく思い出す。あのシェアハウスを出ていくとき、たしかに青春が終わる気がした。さらに年齢を重ねて、もうあんなにきらきらした日々はこないだろうと漠然と思っていたけれど、そんなこともないのかもしれないと思いなおす。

「あ、なす。隣の部屋の奥田さんの奥さんがね、ベランダで野菜を作っていて、なすが豊作なんですって。これ、持って帰って。揚げ浸しにしてもいいし、カレーに入れてもいいし」と母はビニール袋にぎゅう詰めのなすを園花に渡す。

「なすといえば、挟み揚げ」園花は母のよく作っていた料理を思い出す。

「挟み揚げもいいわよねえ。面倒だけどね。お茶が入った。ケーキも買っておいたの」

実家よりだいぶちいさなテーブルで向き合って座り、ともに紅茶を飲む。母にとっても、自分たち母子にとっても、あたらしい日々のはじまりなのだと園花は思う。

充足のすきま

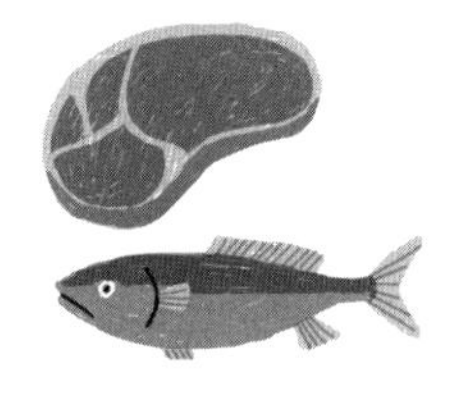

充足のすきま

山中珠実(やまなかたまみ)がホットプレート購入に踏み切ったのは年明けだった。通勤に使う駅に隣接するビルの雑貨屋で、おしゃれなホットプレートを見つけたのだ。ひとり暮らしをはじめてから十八年目にしてはじめてのホットプレートである。今まで何度かほしいと思ったが、ひとり暮らしだし、友だちもそうしょっちゅう遊びにくるわけでもないので、買わなかったのだ。

そのおしゃれなホットプレートは「ひとり用」と書かれていた。えっ、ひとりでもホットプレート使っていいんだ、と珠実はひそかに感激し、仕事帰りに買って帰った。

それから早くも二か月が過ぎようとしている今、ホットプレートはこたつの上に出しっぱなしになっている。その日も珠実は鶏肉と野菜を買って帰り、テレビの前でビールを飲みながらチーズタッカルビを作った。「うわっ、おいしーい、大成功」ひとりごとを言いながら食べる。

珠実の母親は几帳面できれい好きで、しつけに厳しかった。ダイニングテーブルに書類や読みかけの本を出しっぱなしにしているだけで叱られた。靴下やシャツを脱ぎっぱなしにする父親もしょっちゅう注意されていた。子どものころからそうだったので、家というのはそういうものだと珠実は思っていたし、言われなくても、ものはあるべきところに置いたりしまったりして成長した。中学生のとき友だちの家にいって、あまりに雑然としていて驚いた。四人家族なのに無数の靴で埋め尽くされた玄関、食パンと袋菓子と払込書と新聞がのったテーブル、椅子の背に何枚も掛けられて盛り上がった服。食べて、と渡されたせんべいの袋は口が開いていて、珠実は食べることができなかった。

大学進学を機に上京してひとり暮らしをしても、珠実は部屋を整理整頓し、きちんと暮らした。遊びにきた友だちはみんな、「きれい好きなんだね」と口を揃えた。

靴をいちいち靴箱にしまわなくても、毎日カーペットクリーナーで床をコロコロしなくても、毎朝ベッドメイキングしなくても、人は死なず、むしろ、生きることは楽になると気づいたのは、はじめて恋人ができた二十歳のときだ。彼と過ごす自堕落な週末は、この上なくしあわせだった。

その後就職し、その恋人にふられ、部署が代わり、また恋人ができて、またふられ、三十歳になり、少し広い部屋に引っ越し、そして今、珠実は、本来の自分が非常にずぼらな人間であると知りつつある。母に叱られそうなことをするのは――洗濯物をたたまない、汚れた食器を放置してまとめて洗う、こたつを買う、こたつの上にホットプレートを出しっぱなしにする――未だに勇気がいるのだが、今ここにいない母の目をおそれるより「楽」を珠実は選ぶ。恋人がいた六年前までは、彼が泊まりにくることもあったから掃除も週一でしていたが、今は一か月に一度するかしないかだ。ホットプレートだって出しっぱなしにしているから、毎日自分で料理をするようになった。野菜もたくさんとるから肌の調子もいいし、何より、たのしい。

「明日はオムそばにしようかなあ」食べ終えて、冷めたプレートを洗いながらつぶやいた珠実は、しかしふと不安にもなる。ひとりで、こんなにたのしく満ち足りていて、いいんだろうか三十六歳。とりあえずこたつ布団は明日しまおう、と決意する。

周囲の友だちに比べると、自分はずいぶんと古い人間だという自覚が、山中珠実にはある。珠実の友だちの七割はマッチングアプリに抵抗がないし、実際にそこで会った人と交際をしている友人も、結婚をした友人もいる。けれどもインターネットを介して見知らぬ人とやりとりすること、その人とリアルな世界で会うことに、珠実はどうしても抵抗がある。

大学で知り合って、現時点でいちばん仲よしといえる佐久間梨乃（さくまりの）がマッチングアプリで出会った人と交際をはじめたと聞いたときには、珠実も、さすがに自分の古い価値観を捨てねばならないのではないかと思った。梨乃と彼氏と三人で食事をしたが、梨乃より二つ年上の西城（さいじょう）さんは、イケメンではないけれど感じのいい人で、気取りがなく、不思議な安心感があった。梨乃がたのしそうなのが珠実にはうれしかった。

西城さんにも勧められて、その場でやりかたを教えてもらいながら、珠実もアプリに登録した。まったく知らない世界だった。入力するプロフィールもこまかいし、参加するコミュニティも、珠実の想像をはるかに超えて多種多様で、王道からニッチなものまで存在し、かつ自分で作ることもできるらしい。でもこれらのコミュニティは、サークル活動のようにたのしむものではなくて、趣味や価値観の合う相手を見つけたり、見つけられたりするものらしい。

登録して以後、珠実はひとり部屋に帰ると、買ってきた惣菜やホットプレート料理で夕食を終え、テレビやＤＶＤを見ずにこのアプリを見る――というより、アプリについて学ぶようになった。

興味のある人に「いいね！」を送り、「いいね！」が返ってくるとマッチングが成立し、直接メッセージをやりとりできるようになる。珠実にも「いいね！」がくることがあるが、こわくていいね返しはできない。けれども送ってくれた彼らのプロフィールをじっくり見るのはおもしろかった。

コミュニティについても、珠実はついつい相手さがしという目的を忘れ、十代のときに一時期やっていたＳＮＳでのコミュニティ、趣味や好きなものを語り合う場

のようにとらえてしまい、同世代女子とも気軽に話せたらいいのに、などと思ってしまう。

桜が咲きはじめるころには、直接やりとりする相手が三人できた。頻繁なやりとりではないし、会おうとも言い合っておらず、たがいに様子見みたいなＬＩＮＥのやりとりが続いている。ひとりはガチのアウトドア派で趣味は合わなさそうだけれど、写真の好感度が高い。ひとりは映画と本の趣味がかなり合うのだが、かすかにうさんくさい感じもする。ひとりは料理好きらしく、入っているコミュニティも多く合致しているのだが、「めんつゆの可能性について熱く語りたいです」とプロフィールのコメント欄にあり、なんとなく珠実は、ウザい人かな？　と少しばかり疑問を持っている。こんなふうにインターネットを介して異性と出会おうとしていることも、実家の母が知ったら激怒するだろうなと思い、今まで自分がマッチングアプリを敬遠していたのも、母の影響だったのかとふと気づく。

相性さまざま

学生時代からの親友である佐久間梨乃が、マッチングアプリで知り合って交際をはじめた西城さんと、結婚を視野に入れていっしょに暮らしはじめた。山中珠実がその新居に招かれたのは、ゴールデンウィークの後半だった。

いくらなんでも早すぎないか……二人が知り合ったのは一年ほど前のことにしても、実際に会ったのは昨年の暮れ、つきあいはじめたのは二月になってからのはず。なのにもう同棲って……結婚を視野って……。動揺しながら珠実はデパートの地下でワインと焼き菓子を買い、電車を乗り換えて知らない町にいく。川沿いの低層マンションの、三階の端っこが二人の新居だ。玄関からのびる廊下の先がリビングで、玄関からもう、窓一面に川が見える。挨拶もそこそこに、わーっと珠実はリビングのガラス戸に近づき、「すごい景色がいいんだねえ」と感嘆する。幅の広い川は、日射しを受けてきらきらと輝いている。

「私たちもそう思って即決したの」と梨乃はカウンターキッチンで作業をしながら言う。

夕方五時過ぎだが、ビールで乾杯をする。テーブルにはピータン豆腐やクラゲの酢の物、よだれ鶏や春巻きといった本格中華が並んでいる。

「今日のテーマは中華にした」と梨乃が言う。

「これから蒸し餃子と小籠包も出ます。シメはチマキなんで、腹を空けておいてください」

「え、梨乃って料理するんだっけ。西城さんが作ったんですか？」珠実は驚く。梨乃と会うときはいつも外食で、梨乃から料理の話を聞いたことがない。

「彼は学生のときイタリア料理店でバイトしてたんだって。だから料理はうまいよ。餃子も小籠包も皮から作ってたし。私も今は勉強してる。この春巻きは私が作った、この皮は市販」

「えーっ、餃子の皮から作ったんですか、すみません、お休みの日にたいへんだったでしょう」

「いやいや、お休みのときじゃないと、手の込んだものは作れないから、今日ははりきりました」と笑う西城さんは、初対面のときよりさらに安心感が増している。

食事と酒が進むにつれて、話に遠慮がなくなってきて、

「それにしてもこんなにすぐいっしょに暮らして、やっぱり合わなかった、なんてなったらどうするの」珠実は思ったことをそのまま訊いてみる。

「それがさあ、対面したのは半年くらい前だけど、ずっとＬＩＮＥでやりとりしてたから、会ったときから、もうずっとよく知っている人って感じしかしなかった」

「はじめて会ったとき、幼なじみと再会したみたいで」と、二人は交互に言う。

「なんか、梨乃のキャラがすでに変わった気がする」珠実は言った。

「でも、どれが本当の私かなんて、わかんないよなって私はこの人に会って思った。本当の私なんて、きっとなくって、だれといっしょにいるかで変わるのかもね」

「へえええ」と珠実は感心したが、「でもそれも、なんかのろけにしか聞こえない」とつけ足すと、二人は声を揃えて笑う。

梨乃と西城さんの新居を訪問して以来、山中珠実は相性についてずっと考えている。話が合って価値観が似ていれば、相性はいいのだと珠実は思っていたし、今も思っているけれど、それだけではないんじゃないか、と梨乃たちを見てから思うのである。

お休みの日じゃないと手の込んだものは作れない、とあのとき西城さんは言っていた。お休みの日だからこそ手の込んだ料理を作りたいと思うか、あるいは、お休みの日だからたいへんな思いはしたくないと思うか。そういうちいさな違いが、案外重要なんじゃないか。

マッチングアプリで知り合い、直接やりとりをするようになった三人の男性のうち、二人と珠実は会った。映画と本の趣味の合う二宮さんとは映画を見たのだが、その映画の感想がかなり違っていた。それはともかく、なんとなく、あくまでなんとなく、二宮さんはほかの女性たちともこうして会って、悪びれず複数人と深い関係になっているような気がして、それ以後は会っていない。

めんつゆの可能性について熱く語りたい矢部さんは、珠実が危惧していたようなウザい人ではなかったが、ファッションセンスに不安を覚えた。いや、自分だっておしゃれではないし、美人でもなく、真性なずぼらなのだから、他人のセンスをどうこう思う資格はない。ともあれ、矢部さんとは二度食事をした。今日が三度目だ。一度目はビストロ、二度目はトラットリアと、ちょっとよそいきな食事だったので、今度は焼き鳥にしようという矢部さんの提案に珠実は同意した。

カウンターとテーブル席が四席のみのこぢんまりした店で、店内は煙が充満している。カウンター席で隣り合い、珠実と矢部さんは生ビールで乾杯をする。ねぎま、せせり、レバ、ぼんじり、ししとう、うずらの卵、と好きなものを注文する。矢部さんとは食べものの好みが合う。「一口ちょうだい」が苦手で、自分の頼んだものはひとりで食べたい、他人のもいらない、というところも同じだ。焼き上がった串から、二人の中央に置かれた皿にのせられていく。串を外さないで食べるところも同じだと珠実はあらたな発見をする。おいしいおいしいと言い合っては次々と食べ、追加注文をしていく。矢部さんを好きかどうかも、相性がいいか悪いかもわからないけれど、いっしょに食事をするのはたのしかった。

「あの」三杯目のビールを一口飲んだところで珠実は口を開く。「お休みの日に、手の込んだ料理をしたい派ですか、それとも休みなんだから手を抜きたい派ですか」

「えっ、そんな派閥があるの」矢部さんは真顔で驚き、「ぼくは手を抜きたい派だけど、でも、休みじゃない日も手を抜いた料理しかしないから、そうすると、いつ手の込んだ料理をする機会があるのか……」と真剣に考え出すので、珠実は笑ってしまう。

「矢部さんの手抜き料理ってどんなのですか。手抜き勝負しましょうよ」珠実は言う。

すごく好きかどうかはまだわからなくても、たのしい気持ちが続くかぎり、そして断られないかぎり、いっしょにごはんを食べていればいいやと珠実は思いながら、焼きたてのぼんじりにかぶりつく。

私の流儀

あたらしい服を買いたくなったら恋の予感だし、ダイエットに本腰入れようと思ったら、それはもう恋だ、と山中珠実はずっと長いあいだ、そう考えていた。

マッチングアプリで知り合った矢部さんと数回いっしょに食事をし、たのしいとは思いつつ、ときめいたりはしなかった。四六時中矢部さんのことを考えることもなく、仕事中に、会いたいなとぽわんと考えることもない。服も買いたくなっていないし、ダイエットもしていない。だから恋じゃない。珠実はそう思っていた。

住んでいるマンションから最寄り駅に向かう途中に、こぢんまりしたバルができた。あるとき、帰ってから料理するのが面倒になり、珠実はそのバルに立ち寄った。

カウンター席とテーブル席が二つほどの、こぢんまりした店で、珠実と同世代とおぼしき男女がカウンターの内側にいる。カウンターに座って、珠実はカバを飲み、レンズ豆のサラダ、アヒージョ、スパニッシュオムレツを注文する。お客さんは珠実のほかに、男性がひとりカウンターに、年配の女性二人がテーブル席にいる。音楽はかかっておらず、雨の音が静かに店内に満ちている。

料理が運ばれてきたタイミングで白ワインに切り替えて、サラダを食べ、いろんな具の入ったオムレツを食べる。おいしい、ここはアタリだ、と思うのと同時に、矢部さんにも食べさせたい、と思いついて、そのことに珠実はびっくりする。

えっ、何それ何それ。なんで今矢部さんが出てくるの。しかも食べさせたいって何。いや食べさせたいって、感想を聞きたいっていうことでしょ。うーん、感想を聞きたいというか、おいしいと言い合いたい、が近いかな。えーっ、おいしいって言い合いたいってどういうこと？　それって恋じゃないよね？　でも、おいしいものを食べたときに、好きでもない人のことを思い浮かべるかな？

珠実はふつうの顔で料理を食べながら、胸の内ではあれこれと激しく自問自答をし続ける。メニュウを手に取り、じっくり吟味し、生ハム入りコロッケとヤリイカと野菜の炒めものを注文する。

わあ、おいしいねこれ。ほんと、おいしーい。赤飲もうよ、赤。じゃあボトル入れちゃおうか。

背後で女性客たちが言い合うのが聞こえる。わかる、と珠実はひとりうなずく。おいしいって言い合うと、おいしさが二倍になる。そのことに気づいたのは最近だ。つまるところ、気づかせてくれたのは矢部さんなのだ。仲よしの梨乃とは何度もごはんを食べてきたが、いつも、料理よりは酒、酒よりは話に重点が置かれていた。ほかの友だちとも、そうだ。おいしいと言い合うだけでたのしいあいだがらの人なんていなかった、とカウンター席で突如珠実は気づく。

そうかこれは恋か。私にとって、あたらしい服を買いたくなったら恋の予感だったのは、二十代までなのかも。おいしいと言い合いたいと思ったら恋、と、三十代の今、上書きすべきか。追加した料理が目の前に置かれる。コロッケは生ハムがちょうどいいアクセントになっていて、イカはふんわりやわらかく、野菜の火の通り具合が絶妙だ。ああおいしい、おいしいと言い合いたい。今日はこのあたらしいバルで好きなだけ食べて飲んで、明日から、よし、ダイエットだ。

「グラスの赤ワインをお願いします」珠実はわくわくと注文をする。

年明けに買ったホットプレートをはさんで、珠実は矢部さんと向かい合って座っている。正座をしている矢部さんに、足を崩して楽にしてね、と珠実は言い、そのときは矢部さんも足を崩したのだが、気づけばまた正座している。珠実はホットプレートの蓋(ふた)を外して、

「もういいと思う、どうぞ食べて」と勧める。夏野菜とチキンの蒸し焼きディナーだ。料理は一品だが、塩、バーベキューソース、カレーソース、ポン酢と、たれは各種用意した。

「いただきます」律儀に手を合わせてから、矢部さんはホットプレートに箸をのばす。「おお、うまい、蒸しただけとは思えないうまさ」

「でしょでしょ」珠実はうれしくなって、缶ビールを開けて矢部さんと自分のグラスに注ぐ。

矢部さんと焼き鳥を食べたあと、何回かデートをした。梅雨どきには映画を見にいき、梅雨明けには、泳がなかったが近郊の海と水族館にいった。ところがあんま

りたのしくなかった。映画の途中で矢部さんは眠っていたし、海も水族館も退屈だった。なんだかただしいデートのまねごとをしているみたいな違和感ばかりがあった。ごはんの時間だけがたのしかった。きっと、矢部さんと景勝地にいこうが温泉にいこうが、あんまり盛り上がらないに違いないと珠実は思った。十年前だったら、たぶんもう矢部さんとは会わなかっただろう。でも今は、ごはん中心のデートをすればいいじゃないかと思う。

「私の母親がすごく厳しくて」ビールを飲みながら珠実は話す。「たとえばさ、お客さんを呼んでホットプレート料理だけを出すとか、拷問並みに怒られる案件。いやいや、ひとり暮らしの部屋に男の人を呼ぶこと自体が言語道断だろうな。母親の怒るようなことを、ひとつひとつやっていくのが私はずっとこわかったんだけど、ようやく最近、快感になったんだ」

矢部さんは真剣な顔をして聞いている。

「あ、なんかごめんね、暗い話しちゃって」珠実はあわてて言う。

「ぜんぜん暗くなんかない」と矢部さんは言い、「ありがとう」と頭を下げる。「怒られる案件なのに、呼んでくれて、ホットプレート料理出してくれて、ありがと

う」

そんなふうに言われると思っていなかった珠実は泣きそうになる。あわててビールを飲み、ホットプレートに箸をのばし、焼き目のついたズッキーニを塩で食べる。

「春は春野菜がおいしいけど、夏は夏野菜がおいしいね」何を言っていいかわからなくなり、珠実はそんなことを言う。

「秋は食欲の秋だし、冬は鍋がおいしい」矢部さんは続けるようにつぶやく。

母親の言いつけを破っても死なない。既成のデートなんてしなくても、親しくなれる。ホットプレート料理一品だけでも、よろこんでくれる人がいる。

「こちらこそ、ありがとう」珠実も正座をして、頭を下げる。

「いえいえそんな、ごちそうになってるのはぼくなのに」矢部さんは言い、また頭を下げる。頭を下げ合っているのがおかしくて、珠実が笑うと、矢部さんも困ったように笑う。

彼女のレシピブック

彼女のレシピブック

中月(なかつき)サカエは初婚だけれど、相手の鳥谷良太(とりたにりょうた)は二度目の結婚である。結婚式、どうしようという話になったとき、やめようと言ったのは、しかし良太ではなくサカエである。二人とも四十歳を過ぎているし、そもそもサカエは派手派手しいことが苦手だった。良太の両親と、サカエの母親と五人で食事をし、日にちを選んで二人で区役所に婚姻届を出しにいき、それ以外はとくべつなこともせず、良太がもともと住んでいたマンションに引っ越した。

良太が住んでいたマンションは、かつて良太が前の妻と住んでいたマンションだ。それでいいの？　とサカエの友だちやサカエの母は言ったけれど、駅から徒歩五分の3LDK、築十二年のマンションを、再婚にあたって良太は大がかりなリフォームをしたし、元妻の荷物はひとつもないし、リフォームを終えてから家具や食器類はサカエと良太であらたに買った。何より晴れた日はベランダから富士山が見えるのがいい。ここに引っ越した日から、朝いちばんにいれたコーヒーを、富士山を見ながら飲むのがサカエの日課になった。

輸入雑貨店に勤務する良太と、建築事務所で働くサカエは、仕事をつうじて知り合った。サカエの事務所の建築家が設計した子ども向け施設で、良太の会社の雑貨を使うことになったのだ。知り合ったときにはすでに良太は離婚していた。二人で食事にいくようになってから、言葉少なに良太は離婚の原因を話した。前の妻は、道を尋ねられた観光客と衝撃的な恋に落ちて、今はその人とベローナに住んでいると言うから、サカエはひどく驚いた。何が起きたのかわからないくらいのスピードで離婚し、その後じわじわと傷ついて、でも今は立ちなおって、イタリアワインも飲めるようになったと言って良太は笑い、そのときサカエは、この人と結婚したいと思ったのだった。

夏のある日、掃除をしていたサカエは、寝室にある本棚から古びた小型のスケッチブックを見つけた。見てはいけないという予感と、見たいという気持ちが同時に湧き上がり、これは元妻が持っていき忘れ、良太が処分し忘れた、元妻の持ちものだと第六感でわかった。

見たい気持ちにあらがえず、サカエはそっとスケッチブックを開いた。変色したページに流れるような達筆で綴られているのは、料理のレシピだった。南瓜(かぼちゃ)みそ煮。みじん切りの玉ねぎを炒めて南瓜を入れ……と手順が書かれ、絵も添えてある。ページをめくる。信田巻き、茶碗蒸し。新聞の料理欄を切り取って貼ったページもある。ときどき「塩少なめに」とか、「マーガリン」にバツがしてあってオリーブオイルなどと書き添えられているのは、筆跡と文字の濃さが違う。つまりこれは、元妻の母親が元妻に送ったお手製のレシピ集らしい。元妻はそれを自分流に訂正したのだろう。途中から、元妻の書いたらしいレシピが続く。新聞の料理欄や、どこかで配布されたらしいレシピカードも貼ってある。

そんなもの捨てちゃいなさい、と友だちやサカエの母は言うだろうけれど、サカエは掃除を中断してじっくりと読みふけってしまう。そうして自分でも説明がつかないが、なんだか胸の奥があたたかくなるのを感じる。

夫となった鳥谷良太がかつて結婚していた女性について、サカエはほとんど何も知らない。名前も顔も正確な年齢も知らず、なんの仕事をしていたのかも、どんな感じの人だったかも、知らない。良太が三十歳のときに結婚して、三十九歳のとき、「道を尋ねてきた外国人と衝撃的な恋に落ちて、離婚し、その外国人と現在はベローナに在住」という、にわかには信じられないような情報と、彼らに子どもがいなかったことだけしか、サカエは知らない。

知らなすぎて、好きも嫌いもないし、嫉妬心も芽生えない。ただその「衝撃的な恋」とその顚末について、ちょっと知りたいという野次馬的な気持ちしかない。

だから、本棚から発見した彼女の、母から送られたのだろうお手製レシピブックにも、いやな感情を抱くことはなかった。母親直伝のレシピ、新聞の料理欄の切り抜き、彼女がメモしたレシピ、レシピカードなどを見ていると、恋をして結婚し、相手を思いやっておいしいごはんを作ろうとしている、三十歳前後の女性が思い浮かび、なんだかやさしい気持ちになる。そして、それがやがて終わってしまうとしても、夫婦がそれぞれ相手のことをだいじに思っていた時期がたしかにあった、と知ることは、サカエにとって不思議に強い励ましになった。そのくらい、そのレシピブックには前向きな思いやりがあふれていた。

そのノートのことを、サカエは友だちにも母にも言わず、もちろん良太にも言わずに本棚に戻した。

二人とも帰りが遅いので、平日の夕食は惣菜を買ったり、時間が合えば落ち合って外食をし、週末はやる気があるほうが料理をする、というようなルーティーンもできた。日曜の午後、良太が散髪にいっているあいだにサカエはくだんのレシピブックを取り出して、彼女が書いた夏野菜のカポナータを作ってみることにした。試行錯誤がたくさんあったらしく、最初は野菜を揚げると書いてあるのに、バツで消され、炒める→食材ごとに炒めてまぜる!! と書き足してある。「!!」の感じが、成功したうれしさを物語っている。さらにカポナータのアレンジレシピとして、グラタンやパスタ、カレーなども同じページに絵入りで描かれている。

カポナータ、アボカドのサラダ、チキンソテーと冷たい南瓜のスープをテーブルに並べて、髪を切ってさっぱりした良太と向き合い、サカエはグラスに白ワインを注ぐ。乾杯をして食事をはじめ、カポナータについて良太が何か言うかどうか、サカエはちょっとどぎまぎする。しかしとくにコメントはなく、「うわ、これおいしい」「ワインに合う」と、いつもと変わらない感想が続く。

「これ」取り分けたカポナータを食べながら良太が言い、サカエはどきりとして顔を上げる。「なんていう名前だっけ、ラ、とか、トゥ、とかついたよな」

カポナータだよ、と言おうとして、サカエは「イタリアワインも飲めるようになった」と笑った良太を思い出し、「ラタトゥイユ?」と言ってみる。

「そうそう、それそれ」うなずきながら良太は食べ続けている。

名前も知らない元ミセス鳥谷、元気ですか。しあわせに暮らしてますか。レシピブック、ありがとうございます。胸の内でつぶやいて、サカエはイタリア産の白ワインを飲む。

前世と現世と夏

朝、六時前後に相馬律（そうまりつ）は自然と目が覚める。歯を磨いて洗顔をして、部屋のカーテンを開けて毎日海まで歩く。早朝の海はひとけがない。犬ばかりが波打ち際を走っている。ほとんどが放し飼いをされている飼い犬たちだ。彼らとともに散歩をしている島の人も、ときどきいる。

海と向き合うと、自分がどこにいるのか律はいつもわからなくなる。今はタイの離島で暮らしているが、その前はバリの村にいて、その前はイタリアのベローナという町にいて、その前は東京にいて、その前は日本海に面したちいさな町で両親と暮らしていた。東京にいたうちの、約十年間だけ、相馬律は鳥谷という名字だった。

鳥谷良太という男と結婚していたのである。たった六年ほど前のことなのに、律には前世の記憶のような気がしている。とはいえ、日本海沿いの町も、バリの村も、離れた場所で暮らしていた記憶はみんな、前世みたいに思える。

海で、何をするでもなく、犬が戯れるのや太陽がじりじりとのぼるのや、波が寄せたり引いたりするのを眺めて、律は海に背を向ける。船着き場から続く道は、地味ながらこの島唯一の繁華街で、飲食店やみやげもの屋や旅行代理店が軒を連ねるが、早朝は閑散としている。通りを一本それたところに白髪まじりの女性がひとりで切り盛りしている、看板も店名もない食堂がある。早朝から昼過ぎまで営業している。律はときどきここに寄って、朝ごはんに汁なし麺を食べる。中華麺にチャーシューと魚の団子とパクチーがのった、甘辛いまぜ麺だ。

白髪まじりの女性とは、注文と挨拶以外、言葉を交わしたことがないが、彼女を見るたび、彼女が自分の未来の姿であるような錯覚を抱く。彼女もきっと、どこかべつのところで生まれて、偶然だの必然だの宿命だのが重なって今ここで食堂を営んでいて、でも三年後にはどこかべつのところで麺を茹(ゆ)でているかもしれない。もしタイ語がすらすらと話せたら、そんな話をしてみたいと思いながら、律は麺をすすり、パスタもいいけどやっぱりアジア麺だよな、と胸の内でつぶやいて勘定をすませ、「アローイ」、おいしいと言って家に戻る。

鳥谷律だったころ、夫だった良太も律も忙しくて、でも所帯を持ったのだからと律は気負って週末に作り置きをし、平日は帰宅してからそれらを活用して食事を用意した。良太もそんなことは望んでいなかったはずなのに、ひとりで気張って、あげく「やらされている」と思いこんだ。観光旅行中のジョバンニに道を訊かれ、目的地まで案内し、案内し終えても別れがたくてお茶を飲み、酒を飲み、カラオケにいき、翌日もその翌日も、彼が東京に滞在中毎日のように会って、そのとき、これでやめられる、と律は思った。やらされている日々を、やめられる。自分ではじめて、自分でやらされていると感じて、自分でやめられると思って、自分でやめたのだから、馬鹿みたいな話だし、良太にはいい迷惑だったろう。でも彼も、やらされているという被害妄想の妻と、離れることができたのだ。言い訳のように律はそう考える。

母親に持たされたレシピブック、母直伝の料理と、自分で必死にメモしたレシピ満載のスケッチブックのことを、前世の記憶のように律は思い出す。あれはどこにいったのか。

家に帰るとコーヒーの香ばしい匂いが漂っている。ジョバンニのいれるコーヒーは、どこの町のどの水でもきちんとおいしい。でもこの今も、いつか前世のように感じられるのかもしれないと、ささやかな幸福のなかで律は予感のように思う。


タイの島でジョバンニが開いたレストランは、マリオのピザという店名で、世界的にもっとも有名なイタリア名からそう名づけた。ピザだけでなく、パスタもほかのつまみも酒も出す。船着き場から続く繁華街に位置する店だから、オープン直後から観光客でそこそこ混んでいる。

律がはじめて会ったとき、ジョバンニはイタリアで飲食店の企画管理をする会社に勤めていた。視察もかねて観光旅行で東京を訪れた際に律に会ったのだった。律が離婚し、イタリアに引っ越し、約一年後に正式に籍を入れ、その直後、ジョバンニは会社を辞めて、ベローナのトラットリアで料理修業をはじめた。友人がバリでイタリア料理店を開くことになり、その助っ人としていっしょにバリに引っ越して、その店の経営が軌道に乗ったのち、ジョバンニと律は話し合ってタイの島にやってきたのだった。かつて二人で旅して気に入った島だ。

律はレストランを手伝いながら、週に一度、フェリーで本土に渡って染めものを習っている。天然の藍の葉で布地を染めて、ストールやバッグを作る。今はまだ趣味の範疇だが、いずれ何か仕事にならないかと漠然と考えている。そんな手仕事が好きだとは、今の今まで知らなかった。

島には律たちのような移住組が少なくない。マリオのピザ屋の向かいは、オーストラリア人男性がひとりで営むロックバーだし、韓国人が営むマッサージ店もあり、日本人の若い子数人がアルバイトをしているダイビングショップもある。看板のない食堂の老婦人みたいに、だれもが、数年後にはどこかべつの場所に旅立っていきそうな、仮住まい的な雰囲気がこの島にはある。ジョバンニと律も、次は東京に店を開こうとか、クルーズ船で一年くらい働いてみようとか、冗談とも本気ともつかずに話し合うことがある。

店は夜十時に閉店し、それから二人で夕食にする。ほかの店にいくことも多いが、店舗の裏手に借りた家で食べることもある。味噌も醤油も手に入るので、律はときどきなんちゃって和食を作る。あるとき猛烈に素麺が食べたくなった律は、島に一軒あるコンビニエンスストアで麺をさがしたが見つからず、でもめんつゆは売っていたので、細麺のライスヌードルを素麺がわりに茹でて夕食を作った。なすの揚げ浸しと焼きトウモロコシ、素麺の夕食を食べながら、ふと律は笑い出したくなる。子どものころの、夏休みの献立だ。退屈さに死ぬんじゃないかと思っていた、永遠のように長い夏休みは、今思えばなんと平和だったんだろう。この島での暮らしは、そうだ、あの夏休みに似ているんだ。想像もつかないくらい遠くにきたはずなのに、よく知っているところに戻ったみたいだと思うと、なんだかおかしかった。

「何おもしろい?」ジョバンニが日本語で訊き、

「この島って夏休みっぽいって急に気づいた」律は言う。

「バカンスってこと?」と訊かれるが、うーん、バカンスと夏休みはなんだか違う、違うけれど、その違いを英語はもちろん日本語ですら説明できそうもないと思って、

「まあ、そうだね」曖昧に言って律は麺をすする。日本を出て六年、はじめて律は出てきた町を、そこで送ったせわしない暮らしを、なつかしくいとしく思い出す。

レシピの旅

　おもにアジアの調味料を扱う会社が、自社製品を使った料理コンテストを行うにあたって、レシピの一般公募をはじめている、と、サカエはオンライン記事で知った。へえ、と思って読み飛ばしたが、ふとしたときに、どんなレシピならおもしろいだろうかと考えている。

　前年にパンデミックが起きて、今年はおさまるだろうという予想と裏腹に、感染者は減ったり増えたりを、緊急事態宣言は発令されたり解除されたりをくり返している。サカエも、夫の鳥谷良太も、前年はほとんどリモートワークで、今年になってから良太は週の半分は会社にいくようになった。サカエのほうは今もなお月に数度、建築事務所にいく程度で、あとはずっとリモートだ。

客用和室の襖を閉めきって仕事場にしているが、事務所にいるときより集中は途切れがちで、仕事の合間にふと気づくとだれかのブログを読んでいたり、オンラインニュースを流し読んでいたり、猫や犬の短い動画をぼうっと眺めていたりする。

良太が出社したある日、かんたんな昼食をとりながら、ふと思いついてサカエは本棚から古いレシピブックを持ち出した。良太の元妻が残していった、彼女の母と彼女自身のレシピが書きこまれたスケッチブックだ。それをめくって眺めているうち、例のコンテストのことを思い出した。料理にさほど自信があるわけではない自分が、あのコンテストを覚えていたのは、このレシピブックがあるからじゃないだろうかとサカエは思う。

元妻の母親が書いたらしいレシピには、ずいぶん古くさい料理名やサカエの知らない料理などがあるのだが、そのなかに、ハトシという料理があった。手書きのレシピには、すりおろしたエビを食パンに挟んで揚げると書いてあり、そこに、元妻の字で、＋マヨ、玉ねぎみじん、イカを入れても○、などと書きこまれている。インターネットで調べてみると、ハトシというのは長崎の郷土料理のようだ。明治時代に中国から伝わったと書かれている。元妻の母は長崎の出身だったのか、それともどこかでレシピを教わったのか。

元妻の残していったレシピブックについて、ふだんは存在を忘れている。けれど良太と結婚して五年が過ぎたというのに、ときどき思い出す。なぜなのか、サカエにはわからない。ただ、思い出すと、独身時代に旅したいろんな場所の光景が浮かぶ。断崖絶壁の下の海や、視界一面の紅葉した山々、なんでもない繁華街の一角――どこだかもう思い出せない光景もある。どこでもその近くに人が暮らしている。習慣や日常食や言葉が異なっても、暮らしはだいたいおんなじであることに、サカエは旅するたびに感心した。仕事をして買いものをして、ごはんを食べて笑い合って、いっしょに暮らしたり、いろんな事情で別れたりをくり返して、日々を暮らしている。

たぶん、会ったこともない人のレシピブックは、そんな光景に似ているのかもしれないとサカエは気づく。見知らぬ町の、会うはずのない人の暮らしに触れるようなことに。

ハトシというこの初耳の料理を作ってみようかな。いや、作るからには本物を食べてからのほうがいいかな。いや、本物を知らないまま、このレシピに手を加えて、コンテストに応募してみようかな。はるか遠く、中国からきた料理を、さらにアジアに届けるような料理。

サカエはレシピブックを開いたまま、窓の外に目を向ける。雲のない青空が広がっている。

来月、ようやくタイでは、渡航者の入国前あるいは到着後のPCR検査が不要になり、入国後の隔離もなくなるらしい。パンデミック宣言がなされてからこの二年、当然ながら観光客は激減し、いくつかの店は閉店した。船着き場から続く繁華街もだいぶ閑散としている。入国緩和の知らせは久しぶりのあかるいニュースとして、近隣の店々で話題になった。

それでも昨年は、他国を旅行できない本土の人たちが大勢リゾートにやってきて、律の夫が営むマリオのピザもなんとか閉店を免れている。律がよく朝食を食べる店名のない麺の店は、もともと観光客相手ではないから、パンデミックに影響されてはいないようだ。無口な白髪の女性もかわりない。

律が本土で習っていた藍染めは、師匠の紹介で、数はそう多くはないが国内外の店に卸したり、インターネットで販売するようになった。パンデミック前は、東京で展示会をやる予定だったのだ。律の友人が営むギャラリー兼カフェで一か月、やらせてもらえることになっていた。展示会も、たのしみにしていた久しぶりの帰国も、無期延期となった。

お客さんがこなくてひまなとき、夫のジョバンニはあたらしいレシピを開発したり、島で仲よくなった移住者と釣りにいったりしている。律は藍染めに精を出し、自身のホームページも作った。

以前よりインターネットをよく見るようになった律は、あるときホーム画面に表示されるちいさなニュースで、日本のアジア食材の会社が主催したレシピコンテストを知った。一回目が行われ、優秀作、佳作、入選とレシピが紹介されている。ジョバンニのレシピ開発のヒントになるかも、と思った律はそのページに飛んだ。アボカドとベーコン、チリインオイルを入れたサモサにスイートチリソースを添えたレシピが優秀作で、ほかのレシピも無難なものが多く、斬新さも意外性もないのだが、入選作のひとつに目が留まる。

大根ハトシ、とある。エビとイカのすり身、小葱（こねぎ）、鬼おろしで粗くおろした大根、片栗粉とナンプラーを混ぜて、薄く切った大根で挟み、揚げる。長崎の料理からヒントを得ました、と受賞者、島谷サカエのコメント。

島谷というのは律がかつて名乗っていた名前で、もしかして元夫の再婚相手かと思うが、そんな偶然はあるはずがないと思いなおす。そもそも元夫が再婚したのかも知らない。それより気になったのは、「ハトシ」である。母親がよく作ってくれた、エビのすり身をパンで挟んで揚げたもの。新婚旅行で九州を旅した際に、気に入った料理だと母は言って、そのハトシや胡麻鯖（ごまさば）、だご汁なんかをよく作ってくれた。ハトシというふうがわりな名前のせいか、その他の郷土料理と違ってなんとなくハイカラに思え、律の好物だった。結婚してからも、律はそれに改良を加えて調理していた。そう、マヨネーズとイカをプラスして。

エビとイカを買ってきて、作ってみようかな、大根ハトシ。海鮮が人気の島だから、観光客が戻ってきたらうけるかもしれない。だれかわからないけれど、サンキュー島谷サカエさん。胸の内でつぶやきながら、律はそのレシピをメモしはじめる。

ようこそ料理界へ

ようこそ料理界へ

栗本純也（くりもとじゅんや）が料理をはじめたのは、三年間つきあった恋人にふられたからだった。

はっきりした言葉にしてプロポーズをしたわけではないが、おたがい年齢も三十代の半ばで、そろそろ結婚するのだろうと純也は思っていた。だから、別れましょうと言われたときは驚いた。

なんで？　おれにどこか悪いところがあるのなら言って、なおすし、努力するから。と、そんなことはしたくなかったのに、驚きのあまり、純也はすがりつくように言った。三年間、けんかもしたことがなかったのだ。

「先がないように思える」というのが彼女の答えだった。

「先ってなんだよ？　おれ結婚するつもりでいたのに」と思わず言うと、「それだ」と彼女は静かに言った。「結婚していっしょに暮らすイメージが持てない。無理矢理イメージすると、私がくるくるくるくるせわしなく家事をしていて、あなたはずっとスマホでゲームしてる、そんな図しか浮かばない」と、言うのだった。

たしかに彼女に甘えていたところが多分にあったと純也は思い、謝罪し、家事もする、スマホもやめる、と言ってみたものの、彼女の決意は変わらなかった。もしかしたらほかに好きな人がいたのかもしれないけれど、それ以上深追いするのをやめた。もっとみじめになりそうで。

別れてしばらくは、残業のない日や週末は寝てばかりいた。いくらでも眠ることができた。梅雨明け間近になり、これではいけないと思い立って、純也はスポーツクラブに入会し、そして料理をはじめた。

「料理初心者に大切なことは、自分を過信しないことだ」と友人の杉田大樹（すぎただいき）は言う。学生時代の友人である大樹はＩＴ企業で働くサラリーマンだが、料理が玄人並みにうまい。「まずはレシピ本に忠実に作れ。間違っても自己流にするな。ニンニクを入れたらうまそうだとか、みりんがないからそこは無視だとか、してはならぬ」と真顔で言う。写真のうつくしい初心者向けの料理本もくれた。「ようこそこの奥深き料理界へ」と、マジックペンで表紙に書いてあった。

それまで純也は料理などしたことがなかったから、調味料や調理道具はひととおり揃えなければならなかった。大樹の言葉どおり、レシピに忠実に回鍋肉（ホイコオロウ）を作った。ごはんを炊いて、顆粒だしを使って味噌汁も作り、カット野菜でサラダも作った。一時間以上かかったが、驚くべきことに、レシピ本のとおりに作ると、きちんと回鍋肉ができた。

日曜日の午後、自宅のダイニングテーブルで、ひとりビールを飲み、回鍋肉を食べ、純也は「おおお」と声にするほど感動した。プロ野球を見ながら食べていたのだが、食べることに集中したくてテレビを消した。そして思う。別れた恋人の家で、恋人の作った夕食を、よくテレビを見ながら食べていたけれど、あれはずいぶん失礼なことだったのじゃないか。べつに、見たいテレビでもなかったのだし。彼女が一度も怒らなかったのは、あきらめていたからなんじゃないのか。ふられたのも無理はないのかもしれない。回鍋肉を食べながら純也はしみじみと思った。

それから純也は料理にはまった。おもしろいようにはまった。文房具メーカーの企画開発部に所属している純也は、残業のない日はスーパーマーケットに寄って帰り、土日はジム帰りに商店街で食材を買い、ひとりぶんの夕食を作るようになった。今まで、あまりにも何も知らなかったことに自分でも驚愕した。ネギと万能ネギが違うことも、合い挽き肉というのが牛と豚の挽き肉であることも、食用油にものすごくたくさんの種類があることも、知らなかった。

そして、料理そのものが、オンとオフの切り替えスイッチになることにも気づいた。仕事から帰って料理をしていると、会議で煮詰まっていた気分がほぐれて、なんとなく風とおしがよくなる気がする。土日の料理は、恋人のいなくなったさみしさやつまらなさを忘れさせてくれた。

何よりすごいのが、レシピどおりに作れば、その料理ができることである。もちろんレシピ本のようにうつくしい見てくれにはならないし、外食したほうがおいしい料理もあるが、ハンバーグはハンバーグになり、鯖の味噌煮は鯖の味噌煮になる。そのことにやはり純也は感動する。

「高級食材を使うべからず。興味本位でスパイス類を揃えるべからず。シンプルにいけ」というのが、杉田大樹の第二のアドバイスである。たしかに、ひととおり料理ができるようになった純也は、高級和牛でローストビーフを作りたくなったり、スパイスから作るカレーに挑戦したくなったりしていた。それをぐっとこらえ、「あくまでも日常食をたいせつにせよ」という大樹のアドバイスどおり、ふつうのごはんを作り続けた。

ある日曜日、サンマの炊き込みごはんを作った。食べきれなかったぶんを冷凍しようとして、弁当もいいかもしれないと純也は思いつき、翌日、おにぎりにして持参した。コンビニでサラダと汁物を買い、自分のデスクに広げると、

「お弁当組、会議室使ってるんで、よければどうぞ」と後輩社員に声をかけられた。彼女についていくと、会議室で社員たちが弁当を食べている。先輩後輩、男女取り混ぜて六人いる。

「栗本さん、それ何おにぎり？」先輩の女性が訊き、サンマごはんです、と答えると、

「おいしそう！　サンマごはんって炊きこむんですか？　それとも焼いたのを混ぜこむんですか？」と去年入社した男性社員が訊く。

「すごくかんたんなんだ、サンマの内臓を取って……」説明しながら純也はそれぞれの弁当に視線を走らせる。じつにさまざまな弁当がある。唐揚げと卵焼きの正統派、丼（どんぶり）弁当、汁なし担々麺風、スープジャーとハンバーガー。「そのハンバーガーって手作り？」つい訊いてしまう。

「バンズは買って、昨日の夕食のコールスローと、お肉屋さんのメンチをこの場で挟むだけ」話したことのない男性社員が言う。

　弁当界も奥が深そうだなあ。わくわくしていることに純也は気づく。それを見透かしたように、

「弁当は手抜きがコツです。ぜったい毎日作ろうと思うとしんどくなるから」丼弁当の女子が言う。

「心得ます」純也が言うと、弁当組に笑いが広がった。

料理界の、その奥へ

料理にはまった栗本純也であるが、朝晩が冷えこむようになってくるころには、ちょっと飽きはじめてもいた。

「料理を義務にするなかれ。手抜き、外食、出来合い惣菜が長続きの秘訣」というのが、料理好きの友人、杉田大樹からの第三のアドバイスだった。

たしかに、残業のない日に買い物をして帰り、ビールを飲みながら料理をするのは気分転換にはもってこいだ。合い挽き肉の意味を考えたこともないほど、料理と無縁だったころと比べると、たった六か月でずいぶんといろいろ作れるようになった。もちろん未(いま)だにレシピ本がなければ何もできないが、鰯(いわし)の手開きもできるようになったし、この秋には生いくらを買って醤油漬けを作りまくった。週に三、四回は、前日の残りものが中心ではあるが、弁当も持参している。

しかしながら、会社からの帰り道、冷蔵庫の残りものを思い浮かべると、料理するのがおっくうになってくる。大根、玉ねぎ半分、トマト、ほうれん草はそろそろ使い切らないと……、と思いながら献立を考えると、気分が下降する。残りものをうまく使い切らねばならない、という思いが、つまりは大樹が言うところの義務となってしまうのだろう。

「そうなのよ。食材ってまわすものなのよ。大根とほうれん草とレタスが残っているから、ぶりとベーコンとキュウリを買い足してぶり大根とほうれん草のソテーとチョレギサラダを作るでしょ、すると今度はベーコンとキュウリが余るから、うーん今日はじゃあ里芋ともやしでも買って……って、まわし続けるわけよ」

弁当組の荒木真梨恵が言う。先輩社員の真梨恵は、中学生と小学生の子どもがいて、毎朝夫と中学生、自分の三つの弁当を作っているらしい。

「子どもがいればたいへんだけど、でも、ぼくも栗本さんもひとりなんだから、そんなかっちり作らなくてもいいいんじゃないかなあ」と言うのは後輩社員の日野智で、今日は鯖缶と市販のコールスローを食パンに挟んだ、鯖サンドの弁当だ。
「作り置きも、最初はたのしいんだけど、義務化するとかなりつらい作業になるんですよね」いつも丼弁当の松村花菜が言い、「あっ、昨日、はじめてバスチー焼いたんです。食後に食べてみてください」思い出したように付け加える。歓声が上がる。

会議室の弁当組は、固定メンバーではないが、たいていの顔ぶれは決まっている。純也も最近では弁当組と認識されている。ルールではないのだろうけれど、昼休み、それぞれの弁当を食べお茶を飲みながら、だれも仕事の話はしない。たいていが料理の話、それから会社の近所のおいしい飲食店や惣菜屋の情報についてばかりだ。切り分けてもらったバスクチーズケーキを食べながら、まったく寄り合いみたいだと苦笑しながらも、こんななごやかな時間が、純也にとってささやかな息抜きだった。

身支度を終えてエレベーターに乗りこむと、丼弁当の松村花菜が走ってきて、純也はあわてて閉まりかけたドアを開ける。

「ありがとうございます」エレベーターに乗りこんだ花菜は言う。「今帰りですか？」

「うん。今日はチーズケーキをありがとう」純也が言うと、花菜はちらりと腕時計を確認し、

「よかったら、帰り道で一杯飲みませんか」と笑いかける。

最寄り駅にほど近い焼き鳥屋の外テーブルで、純也と花菜は向かい合って生ビールを飲む。メニュウを見ていた花菜は、

「あっ、ここ手羽中がある。頼んでいいですか」と店員に向かって手をあげる。

思い思いに注文した焼き鳥やもつ煮を食べながら、花菜が三歳年下であることや、総務部であることや、転勤族の家庭で育ったのでふるさとと言える土地がないことなどを、純也は知る。

「栗本さんって、今年になって急に弁当組にきましたよね」思い出したように花菜が言う。

「梅雨に入る前に彼女にふられて、料理とジム通いをはじめたんだよね」話が重くならないように気をつけながら純也は話す。料理アドバイザー、大樹の言葉を伝え

ると花菜は感心する。

ひととおり食べたものの、もう少し飲みたくて、というより花菜と話していたくて、純也はメニュウを眺める。

「手羽先と手羽中って違うの?」さっきの花菜のせりふを思い出して純也は訊く。

「焼き鳥屋さんによくあるのは手羽先で、手羽中はなかなかないんですよ。おいしいのに」

「へえ、手羽にも種類があるんだ。あの、誕生会によく出てくるやつは?」純也が訊くと、花菜は首をかしげる。「ほら、持ち手に飾りがついた骨付きの」

「ああ、それは手羽元ですね。持ち手は自然についてるんじゃなくて、料理する人が、持ちやすいように、こう、肉に切り目を入れてチューリップみたいなかたちにするんです」

「えっ、そうなんだ、へえええ」純也は、子どものころの誕生会を思い出し、あれは母親がそのようにしていたのかと感慨に耽る。「なんか、なんでも当たり前に食べてたなあ」

「好物だったんですか? 誕生会によく出るくらい」花菜は、自分の記憶をなつかしむような顔で言い、ビールのおかわりを注文する。そして、それぞれの手羽に合う料理について嬉々として話しはじめる。純也もビールを頼み、ついでに手羽先と手羽中も注文する。

ビールを三杯ずつ飲んで会計をし、駅まで歩く。飲んだせいで寒さを感じない。ずいぶん高い位置に月が出ている。「ようこそこの奥深き料理界へ」と、大樹はレシピ本の表紙に書いていたが、本当に料理の世界は広くて深い、と純也は納得する。料理をしなければ、後輩社員とこんなふうに飲んだり話したり、盛り上がったりすることもなかったろう。

「弁当組で、年末に鍋したいですよね。会議室で」夜空を見上げて歩きながら花菜が言う。

「お、いいねそれ。提案してみようか」そして、こんなことにわくわくすることもなかったろう。

「それじゃ、また明日。ごちそうさまでした」地下鉄乗り場でお辞儀をして、花菜は純也とはべつの地下鉄乗り場に向かう。その背中を見送って、純也も改札をくぐる。

料理界、それすなわち……

社内で、弁当組と認識されるようになった栗本純也は、後輩社員の村松花菜と焼き鳥屋で盛り上がり、年末に弁当組で鍋をしようと言い合った。けれど、ただ弁当持参という共通点があるだけの、性別も年齢も所属もばらばらの人たちは、もしかしたら意識的に親しくなりすぎるのを避けているかもしれず、みんなで鍋を囲もうと、純也はなかなか言い出せないでいる。

というのも純也自身が、弁当組に交じるまで、社内の人間とプライベートでまでいっしょに過ごしたくないと思う人間だったからだ。そう思うようになった理由を思い出そうとしてみても、じつはよくわからない。

「入社したころ、なんか敗北感があったのかもしれないな」と、純也は花菜に話す。

「敗北感って、だれにたいしての？」と花菜は訊く。

「だれにたいしてでもなくて、組織に入ったことにたいして、負けた、みたいな感じかなあ。組織に組みこまれたけど、ぼくのアイデンティティはそこにはないぞ、っていうか。プライベートまで会社の人とつるんでたら、もう、それだけの人みたいに思えたんだよな」

いっしょに焼き鳥屋にいってから、花菜とは、週に一度ほど、帰りにこうして飲むようになった。まさにプライベートで会社の人間とつるんでいることになるが、若いときに思っていたほどいやではない。というより、単に、花菜と飲みながらなんでもない話をするのが、純也はたのしかった。おたがいに好意を持っているのはなんとなくわかるが、どちらも、その先まで関係を深めようとはしていない感じも、今は心地よかった。

「そういえば、栗本さんの料理の師匠、最近は何か指導してくれてますか」おでんの大根を箸で崩しながら花菜が訊く。

素人ながらプロ並みの料理をする友人、杉田大樹は、純也が料理をはじめたときから簡素ながら的確なアドバイスをし続けている。少し前は「料理を義務にするなかれ」だった。ついこのあいだは「食べたい料理は腹を満たす、作りたい料理は心を満たす、両方必要」と言われた。

「えっ、それすごい、もはや哲学」花菜は目を見開いて言う。「考えたことなかったけど、そうなんですよね、作りたい料理が食べたいものとはかぎらないんですよね。深いなあ」真剣に言うので、

「深いかなあ?」純也は笑う。

生ビールを一杯ずつ、熱燗を二人で四合飲んで、その日はお開きとなった。いつものように地下鉄駅までいっしょに歩き、そこで別れる。

「鍋のこと、今度、私が言ってみますよ、みんな乗り気じゃなかったら、二人で鍋つつきましょう」

別れ際、花菜はそう言って笑顔で去っていき、二人で鍋、と胸のなかでくり返して純也はどぎまぎする。いやいやこうして帰りに居酒屋で鍋を食べようと言っているだけだ、と自分に言い聞かせながら純也は改札をくぐり、うん、そうだそうだとひとりうなずき、苦笑する。

年末近くに、会議室で鍋をしないかと、松村花菜が提案するより先に、先輩社員の荒木真梨恵が、持ち寄りクリスマス会をしないかと言った。そういう「全員」「団結」みたいなことを、ゆるい弁当組はいやがるのではないかと思ったが、「それ、いいかも。何か一品持参なら、弁当よりは楽だな」「弁当組の忘年会もかねて、いいですね」「月曜日なら、前日に準備ができるから、週半ばとかよりは月曜がいいな」と、思いのほか賛成意見が多く、クリスマス前の月曜日の昼、持ち寄りクリスマス会を開くことになった。メニュウがかぶっても、味付けが違ったりしておもしろいから、という真梨恵の提案で、メインはだれ、ケーキはだれなどと決めないことにした。自分で作った料理を人に食べさせるのがはじめてになる純也は、友人の大樹に会の趣旨を話し、何を作ったらいいかと教えを乞うた。

「クリスマスといったらチキンだな、会議室で食べるなら、切り分けたりするのは面倒だから、手羽元を使って和風にしたらどうだろう」居酒屋のカウンターで隣り合った大樹は言う。

「手羽元ってアレだ、誕生日の」

「持ち手に、クリスマス柄の飾りをつければ雰囲気が出ていいぞ、見栄えもだいじだ。そしてあれだ、味覚は人それぞれだから、万人にうけなくても自信をなくすな、おのれを信じろ」と、大樹は幾度目かになるアドバイスをする。

手羽元のさばき方と山椒を使ったローストチキンのレシピを教えてもらったお礼に、その日は純也が会計を持った。

「そういえば、弁当組の女の子におまえのアドバイスを伝えたら、感激してた、哲学だって」駅に向かって歩きながら純也は言う。大樹は笑わず、

「料理ってのは哲学だ」と真顔で言う。

その日、素っ気ない会議室はにぎやかだった。鶏料理は多かったが、フライドチキンにハーブ焼きに味噌味と、それぞれに味が違い、純也の和風もくわえて味比べになった。ほかにはフライドポテトやスパニッシュオムレツ、ほうれん草のおひたしなんかも並び、色鮮やかだった。言い出しっぺの真梨恵はブッシュドノエルを焼いてきた。紙皿にそれぞれ好きなものを取るバイキング方式にして、わいわいとにぎやかに食べていると、通りかかった社員が何ごとかと顔をのぞかせる。どうぞごいっしょにと、飲んでもいないのにみんな陽気に言って、気がつけば、ずいぶんな

Merry
Christmas

大人数が会議室で料理の感想を言い合っている。

「鍋はかなわなかったから、今度二人で鍋しよう」盛り上がった気分のまま、純也は花菜に言う。

「しましょうしましょう。お料理の師匠に、珍しい鍋のレシピを教わっておいてください」と、花菜。

料理界へのアドバイスは、人づきあいにも、もしかしたら恋愛にも、通用するんじゃないかと、紙皿を片手に純也はふと思いつき、今日の夜は料理をしながらそのことについて深く考えようと決める。

だいじなのは基本の調味料

だいじなのは基本の調味料

　人生に厄年は数度巡ってくるが、数えで三十三歳になる今年の厄がいちばん悪いらしいと知って、大林ナズナは震えあがりながらも深く納得もした。

　あまり売れてはいないといえ、ナズナは芸能プロダクションに所属する、おもに舞台を中心とした役者である。三年前まで、学生時代に友人たちと立ち上げた劇団で活動していたが、プロダクションにスカウトされたのである。所属後は仕事もオーディションも格段に増えて、順調な滑り出しに思えた。が、今年に入ってから連続してオーディションに落ち続け、この八か月間にやったことといえば映画とドラマのエキストラだけだ。

年明けに、劇団時代からつきあっていた恋人と別れたのは、ナズナがふったのだから未練はなかったのに、六月、その恋人がナズナも知っている後輩と結婚することになったと聞いて、なぜかナズナは意味もなく落ちこんで、今もその気分から立ちなおれずにいる。

これではだめだと、七月からエステ通いをはじめ、もともと通っていたジムも回数を増やし、落ちこむ暇がないように、短期のアルバイトを入れたり、部屋の模様替えをしたり、映画や舞台を見たりしているが、ふと空いた時間に、事務所の友人や、かつての劇団でいっしょだった同期たちのSNSをさがしては、彼ら彼女たちの、きらびやかだったりたのしげだったり満ち足りていそうな生活に見入って、ため息をついている。自分だけ、真っ暗闇のどん底にいる。

占い師に運勢を見てもらい、役者は向いていないと言われたとナズナがこぼすと、「なんかぜんぶ方向性が間違ってる」と言うのは、高校時代からの友人、樋口(ひぐち)まりもだ。大学卒業後、都内の住宅会社に勤め、五年前に結婚し、三年前に妊娠を機に退職して、今は子育てに専念している。ナズナがまりもにだけ弱音を吐けるのは、まりもがまったく飾らない性格だからだ。まりもの家で、二人で向き合って座るテーブルの下は、食べこぼし対策として新聞紙が敷かれていて、リビングの隅には洗濯物が山積みになっている。ノーメイクのまりもの背中で五か月の長男は眠り、もうじき三歳になる長女はタブレットでアニメを見ている。

「占い師とかなんとか、そんな知らない人に役者をやめろって言われてやめるわけ？　ナズナ、世間じゃあ、素材がだいじとか鮮度がだいじとかいうけどさ、本当にたいせつなのは基本の調味料なんだよ」食べかすの散らばったテーブルに身を乗り出して、まりもが強く言う。

「えっ、なんの話」ナズナは訊く。「料理？」

「おいしい料理の秘訣は基本の調味料。だから私は調味料はケチらないの。料理も人生も同じ。だいじなのは、素材でも若さでもなくて、あんたがどのくらい本気で何をしたいかってことだよ。他人のＳＮＳとか占いなんかじゃなくて、基本に立ち戻りなよ」

まりもの言わんとすることがナズナにはよくわかった。ナズナが演劇にのめりこんだのは高校生のときで、まりもはときどき観劇につきあってくれた。そのことを言っているのだ。

高校一年生の夏、ナズナの母親が商店街のくじ引きで演劇のチケットをあてた。平日の昼間のペアチケットで、共働きの両親はいけないから、高校に上がってすぐ仲よくなった同級生のまりもを誘って、ナズナは市民ホールに見にいった。井上ひさし作品を上演するこまつ座という劇団も、井上ひさしという人も、ナズナは知らなかったけれど、芝居を見ている最中、たましいを抜かれたようになって、カーテンコールの拍手でナズナはようやく泣きながら我に返った。

すごい、お芝居ってすごい、映画と違うね、何がすごいのかわかんないけどすごい、帰り道に寄ったドーナツショップで、ナズナは興奮してしゃべり続けた。夏休み中、まりもは『ガラスの仮面』という漫画を四十巻も紙袋に詰めてナズナの家に持ってきた。有名な演劇漫画を知らなかったナズナと、再読するまりもは、冷房のきいたナズナの家のリビングで読みふけった。気がつけば文字を追えないくらい外も部屋も暗くなっていた。

調べてみると、東京にはじつにさまざまな劇場があり、じつにさまざまな演劇が上演されていた。ナズナの町の市民ホールにやってくる芝居は、そんななかのひと握りのうちの、さらにひと握りだった。ナズナはファストフード店でアルバイトをはじめ、市民ホールで上演される芝居を見つつ、お金がたまると日帰りで東京に芝居を見にいった。

ナズナほどのめりこんではいなかったけれど、まりもは市民ホールにもときどきつきあってくれたし、東京いきにもつきあってくれた。二〇〇五年の夏休みに渋谷で見たお芝居に感電したナズナは、演劇を、趣味から進路に変更した。第一志望を演劇科のある大学に変えて、がぜん猛勉強をはじめた。演劇科に進むのは演劇の勉強をするからで、役者になるためだとは夢にも思わない両親は、志望校変更に反対せず、応援してくれた。

「私の毎日は私の弁当みたいだって、ナズナ、あのとき言ってたんだよね」あれから二十歳近く年を重ね、赤ん坊を背負うまりもが言う。「まっ茶色の、人に見られたくないような地味な毎日を、お芝居を見てると忘れる、帰り道には、色とりどりの弁当みたいな気持ちになるって」

「私、そのときまりもがなんて言ったか、覚えてるよ」ナズナは身を乗り出す。「おいしいものはぜんぶ茶色なんだから、茶色弁当は無敵だよって笑ってたね」そう言って、ナズナはふと泣きたくなる。田んぼに囲まれた一本道、半分こにしたパピコを食べながらまりもと歩いた夏の日が、あの退屈で地味で窮屈だったちいさな世界が、びっくりするほどなつかしい。

「そうだよ、おいしいものはぜんぶ茶色。ハンバーグも唐揚げも肉じゃがもおいなりさんも、みーんな茶色」とまりもは、ナズナから見ると高校生のときとまるで変わっていない顔で笑う。

芝居も仕事になると、色とりどりな弁当とはかけ離れた世界だとナズナは今は知っている。一本のあざやかな芝居のために、何日も何日もひたすらジャージ姿で稽古を続ける。

「まりも、今度この子たちをとうちゃんに預けて、いっしょにお芝居見にいこうよ」ナズナが言うと、

「いいねいいね、たまには私もおしゃれして出かけたい」まりもが言い、

「野々花（ののか）もいくー！」タブレットから顔をあげて、まりもによく似た目つきの長女が叫ぶ。

それぞれの日々

いっしょに芝居を見にいこうという約束がかなったのは、九月末の土曜日だった。下北沢駅前での待ち合わせに、五分を過ぎてもまりもはあらわれず、ナズナは何度もスマートフォンを確認した。電話を掛けてみようかと思ったそのときに、「ごめん、遅れた」ようやくまりもが目の前に立った。「何ここ、ぜんぜん知らない駅みたい！　あの路地みたいな迷路みたいなとこ、なくなっちゃったの？」

「とりあえず、劇場にいこう」驚き続けているまりもに先だって、ナズナはずんずん歩き出す。

人生でだいじなのは基本の調味料。まりもの、やけに自信たっぷりの言い草にナズナは説得され、占いもエステも、SNSチェックもやめた。プロダクションのレッスン以外に、公募のワークショップに参加し、体幹を鍛えはじめ、今まで以上に映画や芝居を見るようにした。基本の体づくりと、芝居が好きだという初心に立ち返ることを優先事項にした。それでいきなり運勢が上向きになったとは言いがたいが、まりもと話す前よりは、だいぶ精神的に落ち着いてきた。お礼のつもりで、だから今日のチケットはナズナのおごりだ。

「お化粧するのも電車乗るのも超久しぶり、私へんじゃない？」と席に着いても話しているまりもに、

「スマホの電源切った？」ナズナは念押しする。

「あっ、そういえば、そういうの、あったね」

まりもはスマートフォンを取り出して操作している。

若手のアイドルが主役を演じる芝居は、十分の休憩を挟んで二時間半の上演だった。休憩になったとたんにまりもはスマートフォンの電源を入れ、それを待っていたかのように電話が掛かってくる。あたふたとロビーに出ていったまりもは、休憩の終わりごろに戻ってきて、「隼斗（はやと）が泣き止まないってここにいる私に言われたっ

てねえ?」と、不満げにナズナに言う。客席が暗くなると、隣から深いため息が聞こえた。

終演後、お茶くらいはできるだろうと思っていたのに、「ごめん、もう、うちのダメオヤジからのSOSが半端ないから、帰るわ」と、おもしろかったの一言もなく、チケットありがとうのお礼もなく、劇場を出てすぐまりもは去りかけて、思い出したように紙袋をナズナに押しつける。「これ、今日のお礼。おやつに食べて」と、早口で言うと、そのまま駅に向かって駆け出していった。

太陽は傾きはじめているが、町はまだ明るい。芝居はおもしろかったし、アイドルの主役も思いのほかよかった、でもヒロインの子が今ひとつ……と、話す気満々だったナズナは、そのまま駅に向かう気になれず、老若男女でごった返す下北の町を歩く。もらった紙袋を開けると、個別にパッケージされた手作りらしきカヌレが入っている。ずぼらで、高校生のときだって手作りスイーツとは無縁だったまりもが、今はきっと、レシピを見ながら子どもといっしょに作るんだろうなと思うと、微笑(ほほえ)ましいのと同時に猛烈なさみしさも感じる。時間は流れている。私たちにはそれぞれの日々がある。

ナはつぶやく。
「これも茶色」おいしいものはみんな茶色、というまりもの台詞(せりふ)を思い出し、ナズ

あと二か月。あと二か月で今年が終わり、厄年が終わる。十月の半ば、本当にちいさな役ながら、ある芝居のオーディションに受かったナズナは、長かったトンネルの先にようやく光を見いだしたような気分だった。

十一月、午前中はコーヒーショップでのバイト、午後から夜の七時過ぎまで稽古の日々がはじまった。どんなちいさな役であっても、稽古がはじまれば気持ちは引き締まり、日々は充実しはじめる。トンネルの先の光がどんどん大きくなるように、ナズナには感じられる。

稽古の帰りに、焼き肉を食べていこうと年長の役者に誘われて、一部の役者とスタッフ数人で、稽古場近所の焼き肉屋に向かう。稽古初日にはじめて顔を合わせた人ばかりだ。いつもならナズナはこういう飲み会には参加しないが、舞台がひさしぶりなせいもあって、緊張しながらも彼らに交じった。座敷席にずらりと並んで座り、ビールで乾杯をし、好きなものを注文し、きたそばから肉を焼き、焼けたらど

んどん食べていく。

「野口さん、こういう日はお子さんはどうしてるの」ナズナの隣に座った演出助手の女性が、向かいにいる女優に訊いている。野口さんはナズナよりも十歳ほど年長のベテラン女優だ。

「野口さん、お子さんいるんですか」ナズナは思わず訊く。

「小学生が二人いる。夫にね、あれ教えたの、卓どんごはん。フランパンひとつで、野菜と肉と重ねて蒸し焼きにしてどーんって出す料理。今うちで超はやってて、私いなくてもごはんはＯＫ」

えーなんですか卓どんって！　と野口さんの周囲で声が上がり、にぎやかになる。その話を聞くともなく聞きながら、芝居しながら結婚して子育てもできるんだなあとナズナはあらためて思う。もちろんそういう人を何人か知っているけれど、今までなんとなく人ごととしてとらえていた。

「役者の道を突き進むか、結婚して子ども育てるならそれを捨てるか、どっちかにしなきゃいけないって、なぜか思いこんでました」焼き肉屋の帰り道、みんなでぞろぞろと駅に向かい、たまたま隣に野口さんがいたので、酔いにまかせてナズナは

本音をこぼした。

「わかる、若いときってなぜか極端に考えちゃうよね」野口さんは空を仰ぎながらおおらかな口調で言う。「でもだれも、どっちかにしなくちゃいけないなんて言ってないから。芝居の神さまも家庭の神さまもそんなこと言ってない。だからね、手にしたいと思ったものにはぜんぶ手をのばせばいいんだよ。なんとかなるから。もう無理だって思っても、不思議となんとかなるのよね」

「芝居の神さまはわかるけど、家庭の神さまってなんですか」後ろを歩く、ナズナより年若い役者が笑い、「あはは、てきとうすぎた？」野口さんも笑い出す。

卓どんごはんのこと、今度まりもに教えてあげよう。ナズナは思う。まりもの夫も卓どんごはんならたのしんで作るかもしれない。いやいや、今度まりもの家に遊びにいったとき、私がデモンストレーションをしてみせるのもいいな、そうだ、この芝居が無事に終わったら。いつまでも笑う役者といっしょにナズナも笑う。みんなのにんにくくさい息が混じり合って明るい夜に広がる。

いちばんの幸せ

高校時代から仲のよかったまりもと、ずいぶん連絡を取っていないことにナズナは気づく。最後に会ったのは……、と思い返せば、いっしょに下北沢でお芝居を見たときだとすぐわかるけれど、それだってもう三年も前だ。ＬＩＮＥのやりとりはしていたが、それも途切れて半年くらいはゆうにたつ。

あまり関係ないとは思うが、厄年が明けてからナズナの仕事はじょじょに増え、その後、大きな舞台の主要な役も、テレビドラマのレギュラー役もこなした。ナズナが目指すところの役者像にはまだほど遠いし、日々些細な悩みは尽きないものの、他人のＳＮＳを歯がみして見ていたころよりは、三百倍くらい充実している。

気がつけば、まりものような主婦や、会社勤めの友人は、今、ナズナの周囲にはいない。生活時間帯も違うし、祝休日も関係ない仕事なのだから、それはしかたがないとナズナは諦めている。そのかわり、性別も年齢もばらばらの、同業者や舞台関係者の友人が増えた。

恋愛関係はぱっとせず、厄年の前年に恋人と別れて以来、恋人と呼べる人はいないけれど、ナズナはそれにはあんまり焦らなくなった。それもきっと仕事が充実してきたからだろうと思っている。

ときどき、まりもに会いたいな、としゃっくりみたいに唐突に思う。地方公演先でおいしいものを食べたときや、休みの日に洗濯物を干し終えたとき、深夜、コンビニエンスストアで買ったアイスクリームを食べながら帰るとき。けんかしたわけではないのだから、元気？　とかなんとか、ＬＩＮＥでも送ればいいものを、どうせまりもは忙しいしな、とか、会ってもとくべつ話すこともないし、とか、まりもも連絡くれないし、などとうじうじ考えて、結局、連絡しないまま日が過ぎていく。

やっほー。ナズナ元気？　と、まりものほうからＬＩＮＥが届いたのは、師走に入ってすぐのことだ。隼斗が体弱くていろいろあって、連絡できなかったんだ。このあいだ、ナズナが出てるドラマ見たよ！　っていうか、ドラマ見てたらナズナが出てきたから、びっくりして野々花といっしょに叫んじゃった。大スターじゃん。大スターが伝授してくれた卓どんごはん、重宝してます！

稽古のさなかの休憩時間にそれを読んで、ナズナはふいに泣きそうになる。そっか下の子、体弱いのか。知らなかった。おおらかで大雑把なまりもも、きっと焦ったりへこんだり、病院やあちこち、駆けまわったりしていたんだろうな。

大スターって嫌み？　ちょい役だったでしょ。野々花もダーリンも元気？

フルスピードでスマートフォンを操作して、近々また会おうよ、と書きかけて、ナズナはそれを消す。無理に時間をやりくりして会わなくてもいいんだ、話すことなんかとくになくてもいいんだ、スタンプを送り合うだけだっていいんだ、友だちという細い糸が切れないようにしていたらいいんだとナズナは自分に言い聞かせる。だいじなのは基本の調味料だって、今日も自分に言い聞かせて、がんばってるよワシは。そう打ち終わったとき、ちょうど休憩終了を告げるスタッフの声が稽古場に響く。

人生は何が起きるかわからない。生後半年になる赤ん坊を抱くまりもを、ナズナは不思議な気持ちで眺める。

「ああー、なつかしい赤ちゃんのこのうすあまーいにおい」まりもは赤ん坊のほわほわした頭髪に顔を埋めるようにして言い、「いい子だねー、こんなんされても起きないし」とナズナを見る。ナズナはまるで自分が褒められたようなくすぐったい気分になる。

「でもついこのあいだまでは寝ないし泣くしで、どうしていいかわかんなくて私もぼろぼろ泣いたときあった」ナズナが言うと、あるある、泣く泣く、とまりもは大きくうなずく。

結婚もせず子どもも持たないのではないかという予想と裏腹に、ナズナは去年、二歳年下の舞台美術家と交際半年で結婚し、今年の春、三十九歳になる直前に女の子を産んだ。ナズナは一年の育児休暇をもらい、来年には友恵を保育園に入れ、半年後には役者として復帰する予定だ。まりもの子どもは二人とも小学生になり、以前よりはだいぶ時間の余裕ができたとまりもは言っている。それでときどき、まりもは電車を乗り継いでナズナの家に遊びにくる。

「それにしてもナズナがおかあさんになるなんてねえ」

「本当だよ」ぐずりだした友恵をまりもから受け取ってあやしながら、ナズナは言う。「今もそうだけど、おっぱい飲まない、寝ない、泣き止まない、笑わない、どうしようこの子何か病気かもってずっと不安で泣きそうで、何度もまりもにLINEで話聞いてもらってさ。まりもがたいへんだったとき、私はまだ遊んでて、なんにもわからなかったって反省してるんだよ」

「えー、反省なんかすることないよ、そんなの、新生児のたいへんさとか、体験しないとわかんないに決まってるもん。私もいろんな人に助けてもらった、なつかしいなあ」のんきにまりもは言う。

「どうせなら、私もまりもと同じ時期に出産すればよかったよ、そしたらいっしょに悩めた」

「いっしょに高校を出たのにね。そんなふうにいかないのが人生だねえ」しみじみとまりもが言う。

学童から子どもたちが帰る時間だ、というまりもを、ナズナは駅まで送る。夫の愚痴を話しながら歩くまりもと、スリングで赤ん坊を抱いたナズナの前を、セーラー服姿の女子二人が歩いている。肘（ひじ）で相手をつついたり、精肉店の店先に並ぶ揚げものをのぞきこんだりしている。まるで過去の自分たちが歩いているみたいだとナズナは思う。

「コロッケおいしそう」まりもが言い、店先に立ち止まって二つ買い、紙袋に入ったひとつをナズナに渡す。セーラー服の女子二人はちらちらとナズナたちを振り返り、きびすを返して精肉店でコロッケを買い求めている。それを見て、ナズナとまりもは顔を見合わせて笑う。

今日はありがとう、またくるね、と言い合って、改札口の前で手を振り合う。ナズナは幼い友恵の手を取ってバイバイをする。いちばんのしあわせは、友だちに恵まれること。そう思って友恵と名づけたことは、ナズナはまりもには話していない。「さ、帰ろうか」友恵に言って、ナズナはまだあたたかいコロッケを囓（かじ）りながら、夕暮れの帰り道を戻る。

私の無敵な妹

私の無敵な妹

佐伯春奈（さえきはるな）は二歳下の妹、夏芽（なつめ）と、キングサイズのベッドに寝そべって、ケーキバイキングにいこうとか、地下にあるショッピングアーケードにいこうとか、ちょっと暑いけど外に出て買いものしようとか、いろいろ言い合うけれど、どちらも立ち上がろうとしない。

「夜ごはん、予約なんかしなきゃよかったな、フランス料理って気分じゃない」と夏芽が言い、

「半年以上も前に予約したんだから、キャンセルなんてできないよ」春奈は応える。

「豆腐食べたいな、さっぱりつるりんと」

「豆腐」春奈は笑う。「そういえばさ、ナッチ作ってたよね、豆腐」

「やーだ、よく覚えてるね」夏芽も笑い出す。

小学生の夏休み、自由研究で夏芽は「日本一おいしい豆腐レシピ」をめざして毎日のように豆腐を作った。とはいえ、豆から作るのはなかなかに面倒で、布巾でしぼるのを省略したり、あら熱をとろうとしてそのまま放置したり、にがりを入れすぎたりし、失敗が続き、ようやく完成しても、市販品よりおいしいかというとそうでもなかった。

そのとき中学に上がっていた春奈に自由研究の宿題はなかったが、夏芽の奇妙な熱気に刺激され、「日本一おいしい冷や奴の食べかた」を、その夏じゅう、研究した。

「あの夏さ、人生でいちばん豆腐を食べたよね」と意味もなく両足を高く掲げて夏芽が言い、

「いやいやまだ三十半ばなんだから、人生いちばんというのは早いよ。これから年を取って、豆腐しかおいしいと思えなくなって、もっと食べる日がくるかもしれない」春奈は言う。

「たしかにあのとき、あんなに一生懸命豆腐を作ったのに、豆腐のおいしさを本当にはわかっていなかった。豆腐の偉大さを知ったのは最近だよ」しみじみと夏芽が言うので、春奈は笑ってしまう。

「なんで研究課題が豆腐だったのよ、そもそも」

「覚えてない」とつぶやいたあと、夏芽は起き上がり、「子どもってまじわけわかんないね。自分ながらにわかんないよ」と真顔で言う。その顔に、春奈はまだ十歳だった妹を重ねる。

いじめられたり仲間はずれにされたりしているわけではなかったけれど、春奈には友だちがいなかった。小学校でも中学校でもいつもひとりだった。それでもぜんぜんかまわなかった。好きなのは夏芽だけだった。夏芽はどんなささいなことでもおもしろがる子どもだった。おもしろがることがなんにもなければ自分で作り出した。豆腐作りだって、面倒とはいえたのしかった。夏芽といれば、この先世のなかがどんなに退屈でも、理不尽でも、馬鹿馬鹿しくても、無敵だと春奈には思えた。高校生になっても、大学を出て働きはじめてからも。

「やっぱりフランス料理をキャンセルしてさ、ビアガーデンにいかない？　この近くにあるか調べてみるから」とつぜん夏芽が言い、スマートフォンを操作しはじめる。

「ナッチがいいならそれでいいよ。デパートの屋上のビアガーデンだったら最高だね」春奈は賛同する。

「あるある、贅沢してタクシーでいこう、いいよハルっち、化粧なんかしなくて。ほらいくよ！」

三十半ばになった今も、昔と同様、先をいく夏芽を春奈は追いかけてホテルの部屋を出る。


ビアガーデンは混んでいたけれど、十分も待たずに席に案内された。ポテトフライや焼き鳥などの通常メニュウもあるが、バーベキューセットもあり、テーブルには卓上コンロも置いてある。枝豆、冷やしトマト、フライドチキンと定番のメニュウを頼み、バーベキュー用の野菜と肉類も注文し、佐伯春奈と夏芽はビールの大ジョッキを豪快に合わせて乾杯をする。

「あー、生き返る、やっぱりこっちにしてよかったよ」

「でも明日、私たち肉と脂くさいんじゃないかな。私はいいけど、ナッチは主役だよ」

「え、においなんてお風呂に入ったら落ちるんじゃないの？　それよりエステいく？　ホテルのエステルーム十二時までって書いてあった」

バーベキューセットが運ばれてきて、春奈と夏芽は肉や野菜をコンロに並べていく。

「夏に山登るのいやだったね」

「ナッチが高校生になるまで続いたよね」

「おにぎりはおいしかったけど。でもビールの飲めない子どもには、達成感もあまりないよね」

子どものころの話になる。春奈と夏芽の両親は山好きで、夏休みのたびに各地の山に連れ出された。山道も、ふいにあらわれる虫も、山小屋の食事も、山小屋にいる馬鹿でかい蜘蛛(くも)も、春奈は大嫌いだったけれど、これもやっぱり夏芽がいっしょだったから耐えられた。夏芽はずっとふざけ続けて春奈を笑わせ、調子に乗りすぎて両親に叱られた。

人で埋まったあちこちのテーブルからたのしげな声が聞こえてくる。旅行の計画。だれかとだれかの恋のゆくえ。テレビドラマ、音楽フェス、おいしいパンケーキ店、帰省の予定。私たちもおんなじくらいのハイテンションで、おんなじくらいたのしそうに話しているけれど、内容はぜんぶ過去の話だ、と春奈は気づく。夏芽と笑い合える共通の話題は、ぜんぶ二人の過去のなか。

「私は夏芽に頼りすぎたな」焼けた肉を皿に入れてくれる夏芽の手を見つめて春奈はつぶやく。「夏芽がいなくなったらどうしていいかきっとわからなくなる」言ったとたんに泣きそうになる。

「ばーか。遠くにいくわけじゃないじゃん」夏芽は軽い感じでいって、肩をぶつけてくる。「そもそもいなくならないし。縁起でもないっつうの。ほら、豚トロ食べな。夏の疲れには豚だよ」

皿に入れてもらった豚トロを、レモン汁につけて春奈は食べる。湿度は高くて暑いけれど、見上げると、湿度も熱気も関係ないような澄んだ夜空が広がっている。

「やっぱりエステいこう、肉と脂くささを落としてもらって、明日のために磨いてもらおう」春奈はそう言ってから、少しだけだけれど、やっと未来のことが言えた、と思う。

「泥酔してたら断られるから、ビールはちびちび飲むことにしよう」と夏芽は言い、通りがかったスタッフにビールの追加注文をする。

明日、夏芽は結婚をする。今泊まっているホテルで挙式し、披露宴をおこない、それから福岡に引っ越していく。結婚相手の勤務先が福岡なのだ。生まれてはじめて、春奈は妹と遠く離れて暮らすのだ。

「ひとりで、たのしく」計画

夏芽の結婚式はホテル内のチャペルで行われ、披露宴は盛大だった。どんなにつまらないことでもたのしくしてしまうのが夏芽だと、姉の佐伯春奈は思っていて、その夏芽が正統的なホテルウェディングを選んだのが意外ではあった。夫になる人の上司が退屈なスピーチをしたり、彼の男友だち数人がドレスを着てアイドルグループの歌をうたって踊ったり、ウェディングケーキのファーストバイトを夏芽が笑顔でやったりしているのも、なんだかふつうすぎて意外だった。夏芽の友人たちが、驚くほどレベルの高いヅカふう寸劇をやったのだけが、春奈にすればもっとも夏芽らしい余興だった。

ブーケトスもあり、夏芽はあらかじめ春奈を指さしてから、うしろをむいてブーケを投げた。周囲のみんなが避けるので春奈はそれを受け取ったが、べつにうれしくはなかった。さみしいと、そればかり思っていた。

披露宴が終わると、夏芽と夫は新婚旅行のキューバに旅立っていき、春奈と夏芽の両親も静岡の家に帰り、春奈はブーケを持って都内のマンションに戻った。三か月前まで夏芽と暮らしていたマンションだ。２ＬＤＫで、ひとりで暮らすには広すぎるし、家賃も高いので、ひとり暮らしの部屋を早く見つけなければいけない、そう思いつつ三か月もたってしまった。

もらったブーケを、花瓶に飾ろうかドライフラワーにしようか少し悩み、日のあたらない壁に吊り下げてから、春奈は着替えて化粧を落とし、湯をはって風呂に入る。

今まで三十七年間、誇張ではなく、たのしいことはみんな夏芽が教えてくれた。大学を卒業してから春奈は中高生向けの大手進学塾に就職した。講師ではなく事務スタッフで、シフトを管理したり教材の用意をしたり、つまるところ雑用全般をこなしている。仕事自体はきらいではないがべつだんたのしくはなく、でも、仕事を終えて帰ると、いっしょに暮らしている夏芽が愚痴もぼやきも聞いてくれ、塾生の恋愛模様や進学先を勝手に予想しては、自分もまだ中高生であるかのようにはしゃいでいるので、なんとなく春奈もわくわくした気分になった。中学生たちが高校生に、高校生たちが大学生になって塾を去っていくときは、講師でもないのにしみじみとした感動があった。

けれども壁に吊り下げたブーケを見ていると、この先、きらいではないがべつだんたのしくもない仕事を続けていく自信が、だんだんなくなってくる。いっそのこと仕事なんてやめてしまって、福岡に引っ越して、何かあたらしく仕事をさがそうか、などと、つい考えてしまう。

「いや、そんなことじゃだめだ。もっと前向きに、ひとりで生きていかなきゃだめだ」ブーケに向かって、春奈は声に出して言い、「ひとりで、たのしく生きていかなきゃだめだ」と言いなおす。

まずは引っ越しだ。明日は日曜日だから、本腰を入れて不動産屋さんをまわろう。それより何よりごはんだ。昼過ぎの披露宴で出されたコース料理で、まだ空腹は感じなかったが、何か作ろうと、風呂上がりの春奈は台所に立つ。かんたんなものでいい。ひとりぶんのごはんを、ちゃんと作るところからはじめよう。それは声に出さず、心の内で宣言し、冷蔵庫を開ける。

今のところ、佐伯春奈の「ひとりで、たのしく」計画はまずまずうまくいっている。

九月のあたまに引っ越しをした。夏芽と住んでいたマンションの最寄り駅から二つ先、駅から七分歩く1LDKの部屋だ。引っ越しハイになり、マッチングアプリにも登録したが、したとたんに腰が引けてしまい、そのまま放置してある。

そのかわり、塾内の食べ歩きサークルに入った。春奈の勤める学習塾にはいくつかサークルがあり、若い講師を中心にしたフットサルやランニングの運動系から、読書会やチェスなどの比較的まじめなサークル、バーベキューや映画鑑賞サークルもあった。食べ歩きサークルはゆるい集まりで、月に一度、テーマを決めてメンバーで食事をしにいく、それだけなのだが、ビールというテーマでさっぽろ夏まつりに参加したり、蟹（かに）というテーマで上海まで遠征したりした過去があるらしく、そのゆるいばかりでもないところに、春奈は興味を持ったのだった。

春奈がはじめて参加した九月のテーマはシンプルに「秋」で、外食先は、東京都下にあるお鮨屋さんだった。カウンターのみ十人の店内を借り切って、いくらの醤油漬けや自家製からすみや煮鮑、シンプルに焼いた松茸やかぼちゃの茶碗蒸しと、次々と出てくる秋の味覚を味わう。おいしい、おいしい、と席からあがる声はそれだけになり、

「もっと中身のある会話をしよう」と、サークルリーダーである総務部の松原さんが我に返ったように言うと、

「来月はなんにしよう、やっぱり牡蠣かな？」

「茸狩りはどうでしょう、茸名人をひとり呼んで、みんなで山に入って、夜、どこかを借りて茸やベーコン焼いて」

「バーベキューの人たちと合同なんてどうだろう」

「っていうか食べてるのに、食べる話ばっかり」

席から笑いが漏れる。春奈も合わせて笑いながら、松茸おいしいなあ、夏芽に食べさせたいなあ、と考え、いかんいかんと首を振る。

「期待の新星、佐伯さんは何かアイディアがありますか」

突然話を振られ、春奈は驚いて顔を上げ、「冬になったらもつ鍋食べにいきたいです」と思わず言ってしまう。「いえ、あの、妹が福岡にいるもので」「もつ鍋いいですねえ、夜中のラーメンもいいし、うどんもいいねえ」松原さんが遠い目をする。

その日の締めは、お鮨屋さんなのにお鮨ではなく、土鍋で炊いたサンマごはんだった。このサンマごはんが、鮑より松茸よりずば抜けておいしくて、春奈は思わず「えっ、なんですかこれ、なんですかこれ!」と、思ったことが口から出るのを止められない。それを合図に、「本当においしいねえ」「サンマを見なおすよなあ」「一生これを主食にしたい」とメンバーたちが口々に言い、鮨屋の老大将がぷっと噴き出す。「あんたたち、大げさだなあ。こっちは悪い気はしねえけど」

満腹で、ほろ酔いで、おいしかったねえと言い合いながら、みんなで駅までの夜道を歩く。このサークルの人たちは、食べものにかぎってだけれど、未来のことしか話さない、とふと春奈は気づく。来月はあれを食べたい、冬になったらあれもいい……。これからやってくる季節、まだ食べたことのないおいしいもの。そうだそうだ、そうやって私は「ひとりで、たのしく」この日々を乗り切っていくのだと、酔いの勢いも手伝って、春奈は心強い気持ちになり、意味もなく笑い出す。

あたらしくなる私たち

休日は昼近くまで寝て、かんたんに着替えて近所のベーカリーでパンとコーヒーを買い、部屋に帰ってテレビを見ながら食べる、というのが、ひとり暮らしをはじめた佐伯春奈の習慣だったのだが、その日は朝早くに起き、顔を洗って歯を磨いて着替え、わくわくと冷蔵庫を開けた。昨日の夜に入れておいたチーズケーキを取り出して、切り分ける。なめらかな断面に、「おおおおお」と感嘆の声が出る。

インスタントのコーヒーとチーズケーキを食卓に並べ、いただきますと手を合わせる。ケーキを一口食べて、「おいしい！」と声が出る。あっという間にひと切れを食べてしまい、コーヒーを飲んでから再度切り分け、はたと気づいてスマートフォンで写真を撮る。

炊飯器で作るチーズケーキを教えてくれたのは、食べ歩きサークルでいっしょの笹本（ささもと）さんだ。

「おいしくできてびっくりしました。おかげで今朝は早起きできました」と、春奈は笹本さん宛にLINEを送る。すぐに、漫画の主人公が泣きながら拍手をするスタンプが送られてくる。

笹本さんは——それまでまったく知らなかったのだが——今年に入ってすぐに離婚し、子どもも成人して独立しているので、二十五年ぶりくらいにひとり暮らしになったのだという。離婚は自分が望んだことだからかなしくはないのだが、「何が困るって買いものよね」と、いっしょにランチを食べた際に彼女は春奈に話した。

「スーパーのお魚は二切れ三切れでひとパック。お肉だって二百とか三百グラムのパックでしょ。冷凍しておけばいいんだけど、それもなんだかね」

だから、魚は鮮魚店、肉は精肉店で買うようになったと言う笹本さんに春奈も打ち明けた。

「私はケーキかな。二つなら買えるんですけど、ひとつくださいってなんだか言えなくて」

「わかる。私もそう。だからね、ケーキは私、手作りするようになったんだ」

「ケーキ手作りってかなり上級ですよね」と春奈が言うと、失敗知らずのかんたんなものもあると言って、笹本さんはいくつかレシピを教えてくれたのだった。そのなかのひとつ、チーズケーキを春奈は作り、一晩冷やしておいたのだった。


　もちろんケーキ屋さんのケーキにはかなわない。でも市販のものとは違う、なんだかのんきなおいしさがある。何より早起きして自作のケーキを食べる朝は、なんと優雅な心持ちにさせてくれるのか。二切れ食べてコーヒーを飲み、春奈はぼうっと窓の外を眺める。ベランダの向こうに、まっさらな朝の町が広がっている。五十代になってひとり暮らしをはじめた笹本さんのことを、ふと思う。私とはもちろんまったくべつの喪失感と、それとは混じり合わない開放感や充実感を抱えて、笹本さんも日々暮らしているのだろう。こうしてひとり暮らしをするまでは、他人のことなど考えもしなかったことに春奈は気づく。他人がどんなふうに暮らしているかなんて、想像したことがなかった。だから、妹の夏芽以外と話すこともなく、他人に興味も持てなかった。

残りのケーキを冷蔵庫にしまい、空いた食器を片づけて、春奈はベランダに立ってのびをする。暑くも寒くもない、秋の日射しが降り注ぐ午前中の町を見下ろし、そこにいくつもの生活があることを、あらためて思う。よし、洗濯機まわすか、とちいさく気合いを入れる。

半年ぶりに会う妹の夏芽は、前より少しふっくらとしていて、それで春奈には子どもっぽくなったように見えた。前もって指定された地下鉄駅で降りた春奈を迎えにきていた夏芽は、「ひさしぶり、ひさしぶり、会いたかったあ！」と、人目もはばからず小躍りしてはしゃぐから、よけいそう見える。

このお正月に夏芽は実家に帰ってこず、引っ越した先の福岡で過ごしていたから、春奈が夏芽と会うのは夏の結婚式以来である。

「おなか、ぜんぜん目立たない」駅から、夏芽の住まいに向かって歩きながら春奈は言う。

「だってまだ四か月とかそのくらいだもん。来月やっと安定期だね」と夏芽。

十二月なかばに夏芽の妊娠がわかり、だいじをとって夏芽は帰省しなかったのだった。

「それより今日は友だちと鍋食べにきたんだっけ？　あ、ここ、ここの三階」と、夏芽はまあたらしいマンションに入っていく。

「友だちっていうか、食べ歩きサークル」春奈はエレベーターのなかで、短く説明する。

ベランダに面したガラス戸の大きなリビングで、春奈と夏芽はこの半年間のことを夢中で話す。夏芽は衣類と雑貨のセレクトショップで働きはじめ、出産までは働くつもりだという。新婚旅行の話、職さがしの苦労、この町の人たちの車の運転の荒さ、妊娠がわかるまでのあれこれ、夏芽の話はあいかわらずおもしろく、なんでもないことなのに春奈はおなかが痛くなるくらい笑い、ああ、夏芽だ、と胸の内で思う。

夫の好樹（よしき）さんは今日は休日出勤で、春奈に会えないのを残念がっていたと夏芽は言い、

「帰り、明日でしょ？　その鍋の会が終わったら、うちにきて泊まりなよ。そしたらヨッチとも会えるし、私は飲めないけど、うち、お酒は各種そろってるよ」と勧

める。

食べ歩きチームと待ち合わせた時間にはまだ早いが、知らない町を歩いてみたくて、春奈は「そろそろいくね」と立ち上がる。

「終わったらＬＩＮＥちょうだい、道わかんなかったら迎えにいくし」と、玄関先まで出てきて夏芽は言う。

「ありがとう、でも、二次会あるかもしれないし、ホテルもとってあるから。またくるよ、赤ちゃんに会いにくる」春奈は言った。夏芽は何か言おうとして、でも迷って言葉をのみこみ、笑顔を見せる。

「わかった。たのしんできて。二次会のあとの締めはね、ラーメンよりうどんがお薦めだよ、年齢的にね。ウエストなら二十四時間やってるよ」

エレベーター前で手を振り合って別れる。待ち合わせは夕方六時、会のメンバーはそれぞれ違う便で福岡にきていて、もつ鍋の店で集合する。二次会のあとのうどんか、いいな。はじめて歩く夕暮れの町に春奈は足を踏み出す。約半年後、夏芽はおかあさんになる。きっとそのころ、私は、だれの姉でも娘でもない、ひとりで過ごすのが得意な佐伯春奈になっている。あたらしい私と母親になる夏芽はきっと、今までと違った仲よくなりかたでつきあっていけるだろうと、春奈は確信する。そう、それはたとえば、ひと手間かけた料理が、うんとおいしくなるように。

私たちのちいさな歴史

私たちのちいさな歴史

だれも住む人のいなくなった実家の片づけに、新塚美海子（にいづかみみこ）は毎週末通っている。平日は仕事があるので、土曜日曜、泊まりがけで片づける。近くに住む姉は、母の引っ越しと、その後の雑用を引き受けて、フリーランスのウェブデザインを生業（なりわい）とする弟は、平日、この家の大型家具等を解体したり、粗大ゴミセンターに運んだりし、もっとこまごましたもの、アルバム類の整理、衣類や生活雑貨の処分、貴金属品の取捨選択を美海子がやる。話し合ってそのように分担した。

年が明けたら家を解体し、更地にして、売りに出す。それは母を交えた四人で決めた。きょうだい三人、それぞれ進学や就職を機に家を出て二十年以上経ち、父が亡くなったのは七年前、それまでひとり暮らしをしていた母が、私引っ越す、と言い出したのが去年で、今年の夏、ようやく母はシニアマンションに引っ越したのだった。

　母が寝室にしていた和室の、天袋の中身を取りだして畳に並べていた美海子は、段ボール箱いっぱいに詰めこまれた家計簿を見つけた。箱入りの雛人形や大昔のアルバム、美海子たちがかつて遊んだボードゲーム、埃だらけの品物の真ん中に座って、美海子は家計簿を一冊、手に取る。一九七九年とある。美海子が二歳、姉は四歳、弟はまだ生まれていない。

　購入品が几帳面に、品目ごとに書き入れてある。キャベツ、もやし、えのき、豆腐、大根と野菜が多くて肉も魚もやけに少ない。煙草、ビールとあるのは父のものだろう。いちばん下にはメモ欄があり、「モモ熱、嘔吐」「ミミ汗も」などと走り書きがしてある。モモというのは姉の百々子でミミは美海子のことだとすぐわかる。「ミミ　なんで大王」というメモに美海子は噴き出す。なんで、なんでと訊いてまわったのだろう。美海子の、今は中学生の娘もそんな時期があった。「モモ逆上がり！」「ミミ床で大泣き」など、子どもにかんするメモにまぎれて「やっさんヘルニア」「ハハからこづかい」などとも書かれている。やっさんは美海子たちの父、康志のこと、ハハというのは義母か、実母か。

野菜が多かったのは、健康のためではなくて、家計が苦しかったのだとページをめくるごとに理解できる。父、康志は三十五歳で役職にはほど遠く、母のパートタイマーも今ほど選択肢はなかったろうし、賃金も安かったはずだ。買ったばかりのこの家のローンもあったろう。

「おめでたです!!」と赤いマジックペンで弾むように書いてあるのは、十月十八日。この日妊娠のわかったおなかの子は、翌年五月にこの世に出てくる。弟、陸郎のことだ。

黄ばんだページに水滴が落ち、美海子はあわてて両目を拭う。貧しくて、もやしやキャベツをかさ増しするように調理して、義母か実母にこづかいをもらい、将来への漠然とした不安のなか、子の発熱にあわて、子のわがままに疲れ、子の成長によろこび、そしてあたらしいいのちをこんなにも素直によろこんでいる、若い母。この古びたちいさな家に、こんなにもドラマが詰まっているとは。美海子は家計簿を広げたまま、天袋から出した荷物で散らかった部屋じゅうを見まわす。窓から射しこむ日はもうだいだい色だ。子どもたちのふざける声と、母の朝を告げる声、父が母を呼ぶ声、大勢が笑う声、テレビの音、やかんが沸騰を知らせる、洗濯機が終了を告げる音が、夕暮れにそまる部屋に、いっぺんにあふれかえる。

年の瀬も差し迫った二十八日、百々子、美海子、陸郎の三人は、取り壊し間近の実家に集まった。到着した美海子が家にあがると、先にきていた百々子が、食堂だった部屋にピクニックシートを広げている。

「シャンパンにビール、ワインに日本酒もあるよ」と、百々子は四角いクーラーバッグを持ち上げて見せる。「パパに車で送ってもらったから」百々子は夫をパパと呼ぶ。

「ここで酔っ払っても、泊まっていけないよ、布団も何ももうないから」と美海子は言う。

家のなかにもう大きな電化製品も家具もない。最後に三人でここで忘年会しよう、と酔狂な約束を決めてあったから、食卓だった部屋のエアコンだけは取りつけたまま、電気も水道も年内いっぱいはまだ通っている。

「お肉さまが入場しますよ〜」玄関が開く音とともに陽気な大声が響く。商店街の濱中精肉店で惣菜を買ってくるのは陸郎の役目だった。

鶏の唐揚げ、ポテトサラダ、春雨サラダ、ミートボール、メンチカツやコロッケといった揚げものを、それぞれパックや袋のまま広げ、紙コップについだシャンパンで乾杯をする。冷めないうちに、と言いながら唐揚げや揚げものを紙皿に取り分けて食べ、「ちょっと家のなか、一周してくる」と陸郎がその場を離れたのを機に、それぞれ、好きなように家のなかを見てまわる。

「築四十五年？　よくもったよね」

「もつにはもったけど、あちこちがたついてるよ」

「クリスマスはこの濱中さんの鶏からだったね」

「ケンタッキーに憧れたよね」

「お正月にもう集まる場所がなくなるね」

「そんなこと言って、お正月に帰省したことなんてめったになかったのに」

「かあさんのマンションにいけばいいんじゃないの」

家じゅうを見てまわったあとは、ピクニックシートに座り、好きな酒を手酌でついで、惣菜をつまみに、ぽつりぽつりと言葉を交わす。

「そういえば、家計簿が出てきたんだ。モモが熱を出したとか、陸郎が立っちしたとか、いちいち書いてあって、処分するのに抵抗があったな。歴史が刻まれすぎてて」

「でも、とっておくわけにはいかないしね。あんたそういうの、つけてる？」百々子に訊かれ、

「つけてないけど、つけといたほうがいいような気持ちになった」美海子は答える。

「でも、つけといたら雛ちゃんが処分に困る」と陸郎が美海子の娘の名を挙げる。

「まあ、そうなんだよね」美海子は笑い、ふと、このがらんとした家にも、家計簿みたいに歴史が刻まれているのだと気づく。「だれか立ち会うんだっけ、取り壊しの日」

「手続きは私がやるけど、立ち会いはしない」百々子が言う。「見たら泣いちゃうもん、きっと」

「この家はこの家でしあわせだったろうなあ」隅の汚れた天井を見上げて陸郎が言い、

「そうだねえ」と、百々子と美海子も声を揃える。

青空の下の食卓

実家が取り壊されるのを、新塚美海子はひとりで見にいった。取り壊しの期間は約一週間、大雨や暴風になる可能性も見越して多めにとってあるから、問題がなければそれより早く終わる、と美海子は姉の百々子から聞いていた。毎日仕事を休んで見にいくことはできないから、取り壊しの一日目、有給休暇をもらって見にいくことにしたのである。

正月もあっという間に過ぎてしまい、年明けから二週間ほどしかたっていないのに、町は通常運転だ。電車を乗り換えて実家の最寄り駅までいき、駅から続く商店街をぶらぶら歩く。年末にもきたばかりなのに、今日から家が取り壊されるという感傷からか、目の前の光景に、子どものころの記憶が重なる。お年玉を握りしめて走ったおもちゃ屋さんも、学校帰りに買い食いしたたい焼き屋さんも今はもうないのに、はっきりと目に映る。

実家にたどり着くと、解体作業はもうはじまっている。家は白い防音用のシートで覆われているが、隙間からなかが見える。ショベルカーが壁を崩し屋根を崩し、離れた場所から業者が放水している。美海子は、近くにいた作業員に声を掛け、差し入れ用にとコンビニエンスストアで買ったホットドリンクを渡し、見学の許可をもらう。

きっと泣いちゃうから、見にはいかないと百々子は言っていたが、泣くような気持ちに美海子はならなかった。真っ青な空を背景に、見慣れた家がどんどん壊されていくさまは圧巻だった。屋根が崩され、青空の分量がどんどん多くなるにつれ、母親が用意したさまざまな食事が思い出された。数か月前に片づけにきたときに、昔の家計簿を見たせいだろう。基本的に、食卓はいつも茶色っぽかった。野菜と缶詰を使った、どことなくさみしい料理が続いた時期も美海子は覚えているし、陸郎が育ち盛りになるとかさ増し料理が増えた。オーブンレンジを新製品に買い換えたときは、ローストポークや鶏と野菜のグリルといった、専用レシピ本を参考にした、しゃれた料理がこれでもかというくらい続き、百々子と美海子は歓声を上げたものだった。

「家が壊されるのを見ながら、食べたものを思い出すなんておかしいよね。雨漏りとか、お風呂の扉が開かなくなるとか、思い出はもっといろいろあるのにね」

　母親の暮らすシニアマンションのカフェテリアで、老いた母と向き合って美海子は話す。

「でもさ、五人で囲んだ食事なんて、本当にちょっとだよね。陸郎が中学に上がったときには百々子はひとり暮らしをはじめたし。あんたたちがいるときは、たいへんだったけど料理もしがいがあった。とうさんと二人になってからは、作りがいがなかったわねえ。ひとりになってからは、もう、料理すら億劫（おっくう）で、できあいをよく買った」と、引っ越してから妙に若返ったような母が笑う。

「そんなもんかしらね」今まさに、毎日の家族の食事に追われている美海子はつぶやく。娘の雛は、太るといって揚げものは拒否するし、夫の準一（じゅんいち）は煮魚や野菜料理がメインだと夜中にカップラーメンを食べる。三人家族だけれど、朝と夜に何を食べるかでいつも頭を悩ませている。ひとりならどんなに楽だろう、好きなものを好きなだけ食べたり食べなかったりできるのにと、美海子はいつも考えているのだった。

「あんたもいつかわかるわよ、ずーっと先のいつかにはね」母はうたうように言い、「更地になった土地、もし見にいくなら誘ってよ」と、ふと身を乗り出して美海子に笑いかける。

更地になったもと実家を、約束どおり、美海子は母といっしょに見にいくことにした。百々子も誘ってみたが、さみしくなるかもしれないからいかない、という返事だった。

仕事が休みの土曜日に、美海子は駅からタクシーに乗ってシニアマンションまで母を迎えにいき、そこから実家を目指した。母はピクニックにでもいくような四角いアウトドアバッグを用意していて、「お茶とかいろいろ入ってる」と言って美海子に渡す。

タクシーで十五分ほど走ると、もと実家に着いた。会計をすませてタクシーを降り、「おおお」とつい美海子は声を上げた。

「あんらまあ」と、隣に立つ母も、素っ頓狂な声を出す。二人で顔を見合わせて、笑い出す。

「みごとになんにもない」

「こんなに広い土地だったかねえ」

　住宅街のそこだけ、歯が抜けたみたいになんにもない。売り地の看板がぽつりと立っているだけだ。壊されているときは、家族で囲んだ食事が次々と思い浮かんだ美海子だが、これだけなんにもないと、ここに家があったということもうまく思い出せない。

「お茶にしよう」母が言い、躊躇（ちゅうちょ）なく空き地に入っていく。「ほら、荷物持ってきて」

「いいの？　勝手に入って」アウトドアバッグを持っておずおずついていくと、

「だってまだだれも買ってないだろ？」と言いながら母はバッグを開け、ピクニックシートを広げる。ステンレスボトルやビニールに包まれた何かを取り出していく。四合瓶の日本酒も出てきたので美海子はぎょっとするが、母はそれを持って空き地

内を歩き、四隅に酒をかけている。

「それ、何かの儀式？」戻ってきてピクニックシートに座る母に、美海子は訊いた。

「家を建てる前の地鎮祭でね、お供えしたお酒やお塩を、四方にまいたんだよ。やりかたを教わって、そのとおりに。よろしくお願いしますってことじゃないのかね。だから今日は、今までありがとうございますってご挨拶。お酒だけだけど」母は言い、ビニールから保存容器やアルミホイルを取り出す。容器の中身はお新香で、アルミホイルはおにぎりだった。

「寒くなったら、あったかいお茶もあるから」アルミホイルをむいて、おにぎりにかぶりつきながら母が言う。「こうまでなんにもないとすがすがしいね」

美海子もおにぎりに手をのばす。湿った海苔とかすかな塩味がなつかしい。中身は焼きたらこだった。空は高く、雲ひとつなく晴れている。風は冷たいが、ふりそそぐ日射しはあたたかい。

「ここの土地を見にきたときもなんにもなかった。狭いのか広いのかわかんなくて、とうさんと二人で、棒きれで間取りを書いて、お風呂はこことか、茶の間はここ
とか、やったなあ」なんにもない地面を見つめて母が言う。子どものいない、まだ若

い夫婦の姿が美海子にも見えるようだった。「とうさんもおうちも、役目を終えたんだね。役目を終えられるってのはしあわせだね。終えられない人もものごとも、あるわけだからさ」だれに言うでもなく、母はつぶやく。かなしくもさみしくもないのに、美海子はふと泣きそうな気分になり、あわてて青い空を見上げる。

食卓の記憶

耳慣れない新型ウィルスが世界じゅうにまん延し、パンデミック宣言がなされてから、新塚美海子は時間の感覚がなくなった。日々はがらりと変わり、今までとは異なる忙しさに追われるのだが、それで日が過ぎている気がしない。

夫は週の半分、美海子はほぼ毎日リモートワークになった。リビングとダイニングで仕事をするのはおたがい禁止にして、夫は寝室、美海子は来客用の和室にパソコンを設置し、そこで仕事をする。昨年の夏の終わり、新規感染者数が減少した際に、夫は通常勤務に戻って、昼食を作らなくてよくなった美海子はほっとした。美海子はあいかわらず、週の大半、家で仕事をしている。

高校時代をマスク付きで過ごした娘の雛は、今年の春高校を卒業し、北海道の大学に進学した。中学の卒業式は行われたものの、高校の入学式は中止、雛が学校にいったのは夏休みが明けてからで、その年も翌年も、体育祭も文化祭も合唱コンクールも遠足もなかった。三年生のときにようやく行事は再開したが、全員にとってすべてがはじめてで、たのしさや充実感よりも戸惑いのほうが大きかったと雛は話していた。大学の授業はぶじ対面で続いているらしい。

そうして昨年、シニアマンションで暮らしていた母親が亡くなった。親族だけで葬儀をしたが、二年間、感染させたらいけないと慎重になって、数えるほどしか母に会いにいかなかったことが悔やまれて、美海子は大泣きした。姉の百々子も弟の陸郎もおなじように泣いていた。

こんなにたくさんのことが起きたのに、時間の感覚だけがない。朝起きて朝食の準備をしながら、雛起きなさーいと二階に向かって言いそうになるし、母に電話しようと思ってははっとする。

前年のお正月から、美海子は家計簿をつけるようになった。これもちいさな変化である。時間の感覚がないというのはそのころから気づいていて、書いておかないと忘れてしまうと思ったのだ。買ったものと金額だけでなく、その日の夕食も書きこみ、ちょっとしたできごともメモしている。「夫発熱、検査は陰性」とか「ヒナ修学旅行」とか、かつて若い母がそうしていたように。

今年は二冊目になった。ときどき思い出して、前の年の一冊を開いてみる。家族旅行にいく回数も減ったし、友人との会食も減ったので、代わり映えしない毎日が書き記されている。けれども書きつけた献立を見ていると、なかなかドラマチックだ。出前のピザの日は家事と仕事と夫が家にいるストレスが爆発したのだし、正月明けの天ぷらそばは、シニアマンションで母と食べた最後の食事になった。ラザニア、サラダ、トマトスープは雛がレシピ本と格闘して作り、「夏休み　沖縄」という四日間は、たぶん最後の家族旅行になる。

今年の夏に、雛は帰ってこなかった。大学入学そうそうからコーヒーショップのアルバイトをはじめ、そのお金で、友だちになった子と北海道をまわったらしい。最近ビデオ電話で話したときは、「在学中にイギリス留学したい」と話していた。「目的を持たないと、ただ留学しても何もならないよ」ともっともらしく美海子は言ったが、ぜんぶやれ、と心のなかでは思っている。パンデミックで我慢したぶん、これからぜんぶやってしまえと。

パンデミック、雛の進学と引っ越し、母の死、その後の片づけと手続き、と忙しいわりには、日が過ぎている気がしなかったので、実家の土地のことを美海子はすっかり忘れていた。

「この前、通りかかったら、もうあたらしいおうちが建ってたよ。雰囲気がぜんぜん違うから、場所まちがえているのかと思っちゃった」と、姉の百々子から電話をもらって、美海子も驚いた。売りに出した年のうちに売れたのは美海子も知っているが、手続きは百々子がやってくれたから実感がなかった。不動産屋さんの事務室で売買手続きをしたそうだが、買ってくれたのは若い夫婦だったと百々子から聞いていた。それきり忘れていた。

晴れた秋の日曜日、美海子はふと思い立ち、もと実家のあったところを見にいくことにした。電車とバスを乗り継ぎながら、自分のやっていることは酔狂すぎかと不安になったが、久しぶりの商店街を歩いていると気持ちが弾んだ。帰りに濱中さんの唐揚げを買おう、あたらしくできたケーキ屋さんもあとで寄ってみよう、ときょろきょろしながら美海子は歩く。

実家のあった場所に近づくと、どきどきした。まあたらしい家が見えてくる。雰囲気がぜんぜん違うと聞いてはいたものの、実際にその新築住宅の前に立つと、わあと声が出そうだった。白い壁に出窓のある二階建ての家に、塀や柵のないオープン外構で、庭には芝が敷かれ、木々が植えられていて、隅に自動車と自転車が止まっている。あたらしくておしゃれな家の出現に、周囲がぱっとあかるくなったみたいだ。

立ち止まってじろじろ見ていたらあやしい人だと思われるから、美海子は立ち止まらず、わあああ、と思いながら通り過ぎ、くるりとふりむいて、もう一度、わあああ、と胸のなかで言いながら通り過ぎる。角までいってもう一度きびすを返す。家の前を通るまさにそのとき、ドアが開き、若い男の人が出てくる。彼が押さえたドアから出てきた女の人のおなかが大きい。二人は鍵を閉め、そこに立っている美海子を見る。美海子はあわててお辞儀をして通り過ぎる。しばらく歩いて振り返ると、車がゆっくり庭から出てきて、そのまま向こうへ遠ざかる。

なんだかすごいものを見たな、と美海子は思う。最後に一度だけ、と思い、ふたたびまあたらしい家の前を通る。玄関。窓。カーテン。室外機。軒下。

家の下の地面のもっと下、ずっと奥深くに、営んできたいくつもの暮らしがある。両親が買った更地の前にもきっとだれかが住んでいて、その前にもだれかが住んでいて、そうしたすべての記憶が地面の下に眠っている。若かった両親の抱いた夢も、抱えた困難も、家計簿に記されたすべての食事も、大きくなった子どもたちの成長も、反抗期も、秘密も、なくなったのではなくて土地の奥で眠っている。それらの先に今があって、あの若い夫婦の日々につながっていく。そんな壮大なことを考えて、美海子はちょっと感動する。空き地に母と並んで、やけに広い空を見ておにぎりを食べたことを思い出す。あのとき私たちが見ていたのは、そんなふうに連綿と続く暮らしの断片だったのかもしれない。

意味もなくお辞儀をして、ようやく家の前を離れる。私は私の日々をきちんと送ろうと、他人の家に励まされたような気持ちで美海子は軽快に歩く。

あとがき

『オレンジページ』という雑誌で、二〇二〇年六月から二〇二三年二月まで小説を連載していた。隔週ごとに発行の雑誌に合わせ、ストーリーを上下に分け、三か月おなじ登場人物の話を書く、というちょっとふうがわりな形式の連載である。

　季節の食材やあたらしい調理法などを紹介する『オレンジページ』は、毎号、特集がある。せっかくだから小説も、その特集に合わせたものにしようと、ずいぶん先まで決まっている特集の見出しについて、担当編集者さんに毎回教えていただいた。この連載を一冊にまとめるにあたって読み返し、思い出すのはその特集のことである。

　たとえば卓ドンごはん。フライパンや鍋のまま、どーんとテーブルに出す料理だ。ちいさなおせちの特集もあったし、失敗知らずのスイーツ特集もあった。手作りミールキットのことも、ローリングストックのことも、私はこの特集によって教えてもらった。

考えてみれば、二〇二〇年六月というのはパンデミックがはじまって間もないころだ。それからの三年間、緩急ありながらも、外食のしづらい時期だった。それまで、夕食の三分の一は外食、ひとりでもだれかとでも、とにかく外で飲むのが好きだった私にはかなりの打撃で、パンデミックの一年目にして、料理嫌いになってしまったほどだ。そんな時期に、私たちに家ごはんのたのしみかたやくふうのしかた、忘れてしまいそうな季節感、手抜きのたのしみかたすらも、この雑誌は教え続けてくれたんだなあと、その特集を思い出しながら、あらためて気づいた。

三か月ごとに、家族だったり単身者だったり、友人だったりきょうだいだったりする、だれかの暮らしを書き続けていくのは、私にとってなかなかにたいへんな作業だったのだけれど、いつも料理を意識して書き入れていたからか、たいへんさのなかに独特のたのしさがあった。そのたのしさはやっぱり、だれかと食卓をいっしょに囲むことのたのしさと通底しているんだと思う。

実際の食卓は、いつもいつもたのしいことなんてそんなにはない。品数よりも時短優先で用意する朝食とか、さみしいとも思わないくらい、ひとりでふつうに食べる昼食とか、テレビを見ながらとる夕食とか、家族の見るテレビの音量に軽くいらだちながらとる夕食とか、そんななんでもない食卓のほうがずっと多い。そういえば、パンデミック前の旅先で、不機嫌にテーブルを囲む家族連れをよく見たことを思い出す。思春期の娘や息子はスマートフォンやゲーム機をいじり、母親は何かで父親に怒っていて、父親はむっつりしている、なんて光景を、観光地のレストランや食堂でよく見たなあ。そういう光景に出くわしては、私も、思春期だったころや、かつての恋人との旅行などで身に覚えがあり、わかるわかると同情的な気持ちで思ったりしていた。

しかしながら旅行にいかなくなると、そんななんでもない光景もなつかしくなる。不機嫌に食卓を囲んだって、退屈に囲んだって、いらいらしながら囲んだって、その時間は本当に一瞬で終わって、膨大な日々にのみこまれていく。家族と食卓を囲む時間なんて本当に短くて、あっという間に記憶の向こうにまぎれこんでいってしまう。友人やパートナーと囲む食卓も、年齢によってどんどん変化し続ける。それでもやっぱり、記憶に残っている食卓は、ひとりでいたときよりも、だれかといっしょのときのほうが圧倒的に多い。

おいしいもの好きの友人が、年齢を重ねると、一度たりともおいしくない食事をしたくなくなると言っていた。かぎりある食事のなかで、まずいものなど一度だって食べたくないと。なるほどそうかとうなずきながら、でも、私はやっぱり、かぎられた食事ならば、まずくてもいい、好きな人とできるだけたくさん食卓を囲みたいなあと思う。おいしいより、たのしいが私にはまさるらしい。

毎回すてきなイラストを描いてくださったイオクサツキさん、毎回うれしい感想をくださった編集の井上留美子さん、ありがとうございました。そして読んでくださったみなさま、ありがとうございました。ここに描いた食卓が、あなたの記憶のひとつにまぎれこんでくれたら、とてもうれしいです。

＊本書は『オレンジページ』(2020年7月2日号〜 2023年2月17日号)に掲載された「ゆうべの食卓」に、新たな原稿を加え、再構成したものです。

ゆうべの食卓(しょくたく)

2023年3月1日　第一刷発行
2023年3月10日　第二刷発行

著　者　角田光代

発行者　鈴木善行

発行所　株式会社オレンジページ
〒108-8357　東京都港区三田1-4-28 三田国際ビル
電話 03-3456-6672 (ご意見ダイヤル)
03-3456-6676 (販売 書店専用ダイヤル)
0120-580799 (販売 読者注文ダイヤル)

印刷・製本　図書印刷株式会社

ISBN978-4-86593-544-8